M

ELENA MEDEL

La pequeña princesa

Ilustraciones de MARÍA HESSE

S

x

Montena

Papel certificado por el Forest Stewardship Council®

Primera edición: febrero de 2019

© 2019, Elena Medel
Publicado por acuerdo con Pontas Literary & Film Agency
© 2019, Penguin Random House Grupo Editorial, S. A. U.
Travessera de Gràcia, 47-49. 08021 Barcelona
© 2019, María Hesse, por las ilustraciones
La tipografía del interior es Servus Text Display y ha sido creada por David Engelby.
Está disponible en www.dafont.com

Printed in Spain – Impreso en España

ISBN: 978-84-17460-57-0
Depósito legal: B-423-2019

Compuesto en Compaginem Llibres, S. L.

Impreso en Gómez Aparicio, S. A.
Casarrubuelos (Madrid)

GT 6 0 5 7 0

Penguin
Random House
Grupo Editorial

1

La pequeña princesa se descalzó junto a la cama y colocó la zapatilla rosa del pie izquierdo junto a la del pie derecho; luego se dejó caer sobre el colchón alto de princesa, que no permitía detectar legumbres ni otras trampas, y de inmediato se escuchó un leve ronquido, como si suspirara. Soñó con un paseo por el jardín del palacio y con una historia de castillos encantados que había leído junto a su maestra y soñó. Soñó también algunas pesadillas que no le costó olvidar. Al día siguiente, como de costumbre, se despertó cuando ella quiso.

La pequeña princesa se despertaba cuando salía del sueño y se le abrían los ojos, y se estiraba hasta tocar con la punta de los dedos de las manos el terciopelo del cabecero de la cama. Entonces buscaba con la mano izquierda por la mesilla de noche, en un gesto automático, y hacía sonar la campanilla para avisar de que se había despertado. Con dos toques, tres algunas veces, en la habitación se multiplicaban las criadas, cada una ocupada en su tarea.

Que ella recordase, la criada alta y delgada siempre la despojaba del camisón, le cambiaba las enaguas, le ponía un vestido rosa, le acercaba los tacones de cristal y condenaba a las pantuflas bajo la cama, donde la pequeña princesa había escondido también unas zapatillas de piel viejísima, con las que quizá hubiesen caminado mil princesas antes, y que ella se negaba a utilizar. La de pelo suelto y rizado peinaba su melena de princesa con fuerza: la melena larga y rubia que corresponde a toda hija de reyes, y sobre la que más pronto que tarde luciría una corona.

Para entonces, para cuando la criada de pelo suelto y rizado había conseguido que la pequeña princesa dejase de quejarse por su energía, la criada bajita y huesuda ya había descorrido las cortinas, cambiado las sábanas —cada día un juego diferente, para que ni una mota de polvo perturbase su descanso—, estirado el edredón y ahuecado la almohada. Y la criada bajita de caderas anchas se quejaba entonces porque las demás sirvientas habían cerrado la puerta y le costaba entrar en el dormitorio con la bandeja del zumo recién exprimido, la jarrita de leche caliente, la taza de porcelana obsequiada por un monarca de tierras extrañas y el platito de pasteles deliciosos que la pequeña princesa rechazaba primero y luego devoraba a bocados diminutos.

Tragaba la última porción de tarta de pétalos de rosas y, con otro toque de campanilla, avisaba de que ya no tenía más hambre ni más sed. Entonces una criada ni alta ni baja, con un lunar en la mejilla, la acompa-

ñaba a su baño de princesa y allí la pequeña princesa sonreía para que le limpiasen los dientes con mayor facilidad. Para entonces, cuando salía del dormitorio y caminaba por el largo pasillo del palacio hasta la biblioteca, la maestra esperaba con una mesa repleta de libros abiertos.

Durante horas escuchaba los nombres de sus padres, de los padres de sus padres, de los padres de los padres de sus padres, y así hasta el del rey que había construido ese mismo palacio. Otras mañanas —tardes ya, a veces—, esos nombres y esos apellidos correspondían a los padres de los padres de los padres de la princesa del reino de al lado, o del de más allá, y entonces la pequeña princesa se quejaba:

—¡Esto ya no me interesa!

A través de la vidriera de la biblioteca pensaba en qué estaría sucediendo al otro lado, no en el jardín, no en las cuadras para los animales, sino al otro lado del muro, en el pueblo de las casas pequeñas y los hombres y mujeres que no tenían que aprenderse de memoria los nombres de los padres de los padres de sus padres.

Más tarde la maestra le enseñaba nombres y apellidos, reinos y costumbres, y durante el almuerzo la corregía si se equivocaba al utilizar el tenedor. Después le contaba las historias sobre los príncipes que escalaban torres gracias a las trenzas largas de las princesas, salvaban a princesas envenenadas al probar el regalo de una extraña o despertaban con un beso de amor a las princesas dormidas para siempre. La pequeña princesa había aprendido que alguna vez le tocaría estar en peligro y que un príncipe azul la salvaría.

En el Palacio de Mil Habitaciones vivían la pequeña princesa, las criadas altas y las criadas bajas, la maestra y también —suponía— las cocineras que se ocupaban de que en la guarnición de su plato jamás se colaran los espárragos, que ella odiaba. En el palacio había un dormitorio de princesa, con la cama alta y rosas fresquísimas, aunque no recordase haberlas visto en el jardín, y por supuesto había un jardín, también; una biblioteca en la que —de tan inmensa— la pequeña princesa podía escuchar la vida de los libros, y muchos salones diferentes. En uno de ellos, la maestra le repetía cómo decir «¡Esto está riquísimo!» en el idioma de cada reino vecino, y en otro salón su hermano, el príncipe, hacía igual con su maestro. Había un salón en el que los visitantes respondían así a los reyes —«¡Esto está riquísimo!»— y otro en el que todos bailaban juntos por las noches: princesa, príncipe, reyes y visitantes.

La pequeña princesa durmió una noche más, como todas las noches anteriores, convencida de que durante el resto de su vida, hasta que su largo pelo rubio de princesa se transformara en larga trenza blanca de reina, tendría la misma existencia un día tras otro. Lo repetía antes del sueño:

—Mañana despertaré con el sueño justo, las criadas altas y las criadas bajas me ayudarán a deshacer los nudos de la noche en mi melena, se me ocurrirán ingredientes exóticos para mi desayuno y me los servirán a la mañana siguiente, cuando ya los haya olvidado.

Sucedería así mientras su padre castigase a los malos y premiase a los buenos, mientras el príncipe contase una a una todas las monedas de las arcas del reino y mientras la reina paseease por el jardín del brazo de una reina extranjera. Y sucedería así después de coronar al príncipe, dentro de muchos años, y de que una princesa de un lugar muy lejano diese la bienvenida a las invitadas, y de que la pequeña princesa avisase cada mañana —con un toque de campanilla— de que era hora de cambiar el camisón por un vestido.

Al despertar, la pequeña princesa se estiró hasta que la punta de los dedos de las manos chocó suavemente con el cabecero de la cama. Con esos mismos dedos de esas mismas manos alcanzó la campanilla, y con un gesto rápido la hizo sonar: una, dos, tres, cuatro veces. Las criadas abrieron la puerta del dormitorio, y ella sonrió para desearles buenos días mientras la luz del día se colaba por las ventanas de su habitación. Pero algo les ocurría a las criadas altas, bajas, con el pelo suelto y rizado, todas huesos: en vez de la sonrisa de cada mañana, en vez de las canciones que tarareaban mientras dejaban el vestido ligero sobre la cama o arrancaban algún pelo del cepillo, todas callaban.

—Buenos días —susurró la pequeña princesa, entre bostezos.

Pero nadie contestó, y en silencio ocurrió todo. La criada alta y delgada le quitó el camisón, trajo unas enaguas nuevas —lo supo porque la puntilla le arañaba— y le encerró las piernas en un armazón de mimbre para que abultase la falda del vestido. Hoy no tocaba fiesta, o eso pensaba. Una criada a la que no conocía —pero que en ocasiones había visto varios pasos por detrás de la reina, con las gafas en la punta de la nariz y el ceño fruncido— entró en el dormitorio con un vestido de tela rosa suavísima y bordados de plata; la pequeña princesa levantó los brazos para que se lo pusiesen, espantada porque alguien había rescatado aquellos zapatos viejos, usadísimos por princesas y princesas y princesas, y ahora le tocaría dar con un nuevo escondite para ellos. Después la criada alta y delgada le cepilló la melena con delicadeza, la recogió en una larga trenza y le colocó en la cabeza una pequeña corona, sin inmutarse cuando la pequeña princesa se quejó del dolor. Al oír su gemido, la criada respondió:

—Una princesa no puede quejarse.

Y la pequeña princesa, tal y como le ordenaron, se calló.

Todo esto ocurrió la mañana en la que cumplía quince años.

Aquella mañana, la pequeña princesa descubrió que si caminabas un poco más allá de la biblioteca por el largo pasillo, si dejabas atrás la gran estancia en la que el príncipe jugaba a las batallas con su maestro, bajabas la escalera larga esculpida por un genio del pasado y caminabas una vez más por los grandes salones de los bailes y las cenas, al final del todo, muy al final del todo, el rey te esperaba.

Te esperaba el rey con su corona y con su manto, en su trono de oro y de piedras preciosas. Te esperaba también la reina, con su corona y con su manto, en su trono más pequeño, junto al suyo. Te esperaba el príncipe, con su corona y con su capa, de pie mirando al techo con fijeza, como si lo que sucediera allá arriba le importase más que lo que pasaba a ras de palacio. Y te esperaban también los señores y las señoras de los bailes y las cenas, los mismos que habías conocido con las mejillas hinchadas porque aún no les había dado tiempo a tragar, y que ahora se fijaban en la puerta —donde estaba la pequeña princesa— como si hubiese aparecido un monstruo terrorífico, y no una muchacha con un vestido rosa.

Acompañada por la maestra, la pequeña princesa se abrió paso entre los señores y las señoras de las cenas y los bailes y avanzó hasta el fondo del salón, donde se hallaban los tronos y los reyes. Se detuvo ante el rey y buscó la mirada de la reina, que se fijaba en ella, y la del príncipe, que se fijaba en los cristales de la lámpara y sus misterios infinitos.

—Hoy es un día feliz para el reino. ¡La pequeña princesa ha cumplido quince años!

Las palabras del rey causaron un efecto asombroso entre quienes las escuchaban. La reina sonrió, y el príncipe dejó de contemplar el techo para centrarse en los dibujos de plata del vestido de la pequeña princesa; los señores y las señoras aplaudieron y gritaron, igual que cuando un jinete muy querido triunfaba en la competición que se celebraba el día del reino.

La pequeña princesa, en cambio, sintió que algo se rompía. Se sintió como cuando una mañana, durante el desayuno, había intentado al-

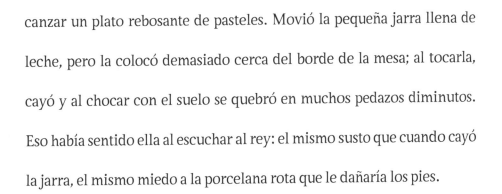

canzar un plato rebosante de pasteles. Movió la pequeña jarra llena de leche, pero la colocó demasiado cerca del borde de la mesa; al tocarla, cayó y al chocar con el suelo se quebró en muchos pedazos diminutos. Eso había sentido ella al escuchar al rey: el mismo susto que cuando cayó la jarra, el mismo miedo a la porcelana rota que le dañaría los pies.

El rey continuó hablando:

—Ya tienes quince años, y ha llegado el momento de que te conviertas en una princesa de verdad. Conoces los nombres de tus antepasados, y los nombres de los antepasados de los reinos cercanos y lejanos, pero no conoces esos reinos ni a quienes los gobiernan. Es tu deber como princesa viajar a ellos y encontrar un príncipe y un nuevo reino en el que ser princesa, primero, y reinar más tarde. Tu sitio ya no es este.

Nadie habló después del rey. ¿Qué debería hacer entonces la pequeña princesa? Si jamás se había asomado más allá de los muros del palacio, apenas cuando soñaba por las noches, ¿cómo viajaría sola? ¿Montaría a caballo o dormiría en un carruaje? ¿Alguien transportaría por ella un cajón repleto de tenedores y cucharillas de postre? ¿Cómo resistiría varias jornadas de viaje, si la puntilla y el armazón ya le picaban? ¿Y si al final de su viaje no lograba encontrar un nuevo reino con su príncipe? Se tragó las lágrimas, tal y como le habían enseñado, pero el miedo le atravesó la garganta.

—Majestad, yo nunca he abandonado los muros del palacio. —La pequeña princesa bajó su tono de voz, hasta el susurro—. ¿Cómo sabré a dónde ir? Nunca he tenido frío y nunca he tenido calor. Conozco los nombres de los reinos, pero no los caminos por los que viajar. ¿Existe algún mapa para encontrar mi sitio? ¿Significa eso que nunca podré regresar a mi dormitorio de princesa? La otra noche —mintió— me costó dormir porque notaba un guisante bajo mi colchón. ¿No es el turno ahora del dragón que me rapta en la torre y del príncipe que me salva de él? No

estoy preparada para dejar de tener catorce años.

—Te acompañará tu maestra.

El rey contestó así a sus preocupaciones, y se levantó del trono para

marcar con el cuerpo el final de su respuesta. En unos pocos pasos se si-

tuó ante ella y le tocó el hombro; le siguieron la reina, que le deseó suerte,

y el príncipe, que levantó la barbilla antes de colocarse la capa, casi sin

mirarla. A la comitiva real le siguieron los señores y las señoras a los que

la pequeña princesa había conocido con los estómagos vacíos y las bocas

llenas; nadie se acercó a ella, pero continuaban observándola con curio-

sidad, como si nunca hubiesen visto a una muchacha con un vestido rosa.

Permaneció inmóvil ante el trono vacío del rey, en el Salón de las Malas

Noticias, vacío también, hasta que otra mano se posó en su hombro y le

anunció en voz baja y conocida:

—Tranquila: yo lo organizaré todo. Partiremos mañana mismo, en cuanto amanezca. El viaje será duro, así que hoy tendrás que descansar. Tienes el día y la noche libres: aprovéchalos como prefieras. «Tu sitio ya no es este.» —La maestra imitó la voz grave del rey—. Mucha armadura, pero qué poco corazón.

A la pequeña princesa se le podría haber ocurrido visitar las mil habitaciones, de las cuales desconocía al menos novecientas ochenta, o pasear una vez más por los jardines y asegurarse de que no faltaba ni una sola de sus flores en su cuaderno secreto. Sin embargo, durante esa última noche se encerró en su dormitorio y lloró sin parar.

2

Una criada y otra criada y otra criada más, las altas y las bajas y las de piel dura y la criada del lunar en la mejilla se despedían de la pequeña princesa durante su último día en el palacio.

—¿A quién vestiremos ahora, princesa?

—¿A quién cepillaremos la melena ahora, princesa?

—¿A quién lavaremos los dientes ahora, princesa?

—¿Para quién exprimiremos el zumo ahora, princesa?

—¡La echaremos de menos, princesa!

Cuando las voces de todas las mujeres que la rodeaban abandonaron el cuarto, la pequeña princesa se encontró con la voz tranquila de su maestra. Nunca antes se había fijado tanto en aquella mujer: reparó en el surco que tenía entre las cejas, quizá de tanto enfadarse, pero también en las pequeñas arrugas junto a la boca, quizá de tanto reír. Mientras la pequeña princesa contenía las lágrimas, le pareció que la maestra la comprendía:

—Puedes llorar si quieres —le dijo.

—Lo siento —continuó la pequeña princesa, sin moverse de la cama—. Nadie nunca me contó que pasaría esto.

—A veces algunas cosas suceden sin que las esperemos, y en otras ocasiones intentamos obviarlas hasta que ocurren. Cerramos los ojos para no verlas o, todo lo contrario, hacemos mucho ruido, muy alto, para tapar el suyo.

—No sé muy bien en qué consisten los viajes —reconoció la pequeña princesa—. ¿Me ayudarás a prepararlo todo?

—Sí, pero antes es importante que te despidas de todas las mujeres que han estado contigo durante todo este tiempo.

—Me he despedido y les he dado las gracias. Lo practicamos mucho en nuestras clases, ¿verdad? Sé decir «gracias» en idiomas distintos, en palabras que tienen muchas sílabas.

—No se trata solo de saber pronunciar las palabras; se trata de sentirlo de verdad cuando lo dices.

—Pero, maestra... —preguntó la pequeña princesa incorporándose en la cama de edredón mullidísimo—. ¿Significa eso que nunca regresaré? Esta habitación, ¿dejará de ser mía? ¿En qué cama dormiré? ¿Dónde me sentaré para escribir cartas a las niñas que viven al otro lado de los muros del palacio?

—Quizá sí vuelvas, en alguna ocasión, como reina de otro reino. O quizá prefieras conocer otros reinos de los que nunca has oído hablar, o permanecer en tu castillo cuidando de tus príncipes y princesas. Se cumplirá lo que desees.

—¿Y mañana? ¿Qué sucederá mañana?

—No sé durante cuántos días viajaremos —reconoció la maestra—. Quizá cabalguemos durante semanas, y quizá enlacemos las semanas con los meses, y los meses con los años, hasta encontrar un príncipe para ti. Si alguno nos parece amable y generoso, justo y valiente, allí nos quedaremos: se celebrará una boda en la que vestirás sedas y tules, y comerás tantos bocados tan distintos que nunca más sentirás hambre.

La pequeña princesa recordó las clases de dibujo, en las que la maestra le enseñaba a imitar lo que veía: la manzana que le mostraba sobre la mesa se convertía en otra manzana al deslizar el lápiz sobre el papel. Con ese mismo gesto, el de la pluma sobre la superficie, la pequeña prin-

cesa notó una lágrima que le rodaba por la cara, desde el ojo hasta la barbilla, y le manchaba la ropa.

—¿Qué ocurrirá contigo?

—Yo me marcharé en busca de otro reino, con otra princesa —contestó la maestra ya de espaldas, quitándole importancia a las palabras, mientras abría los armarios y desechaba un baúl por pequeño, otro baúl por grande—. Pero creo que ahora deberíamos preparar el equipaje.

Sobre la cama, y por el suelo, desplegaban los vestidos para escoger cuáles luciría en los salones de bienvenida y en sus marchas a otros reinos. En un montón, la pequeña princesa acumulaba vestidos de color rosa y faldas bajo las que podrían camuflarse varias princesas tímidas; en otro, la maestra escogía túnicas aburridas, con apenas una flor bordada —con cuidado— junto al pecho.

—Llevaré conmigo tantos vestidos como pueda, y dos pares de zapatos: los tacones de cristal para las fiestas y unas sandalias que brillan tanto como las estrellas de los deseos.

—Necesitamos un equipaje ligero —rectificó la maestra descartando un vestido rosa y otro vestido rosa y uno azul ante el enfado de la pequeña princesa—. Necesitamos un vestido hermoso para presentarnos en la corte, pero también otro que permita subir al caballo y cabalgar durante horas, caminar sobre senderos pedregosos y cruzar ríos sin puentes.

A los príncipes ella los conocía por los cuentos. En algunas noches de celebraciones, cruzaban por los salones príncipes de otros reinos, pero jamás había charlado con ellos, porque una princesa tiene que esperar a que le dirijan la palabra, y ¿quién aceptaría como reina a una mujer que le hablaba a un hombre sin que él lo aceptase?

Lo contaban los cuentos que le explicaba su maestra y las historias de verdad que le enseñó en los libros de hojas antiguas, y también las criadas mientras ajustaban al cuerpo el armazón para dar volumen al vestido.

A todas las princesas, en algún momento de sus vidas, les molestaba una legumbre bajo el colchón en las horas del sueño: ella jamás lo había notado, por mucho que se concentrase para lograrlo y por mucho que a veces, cuando le preguntaban, mintiese y lamentara que hubiesen camuflado una alubia en la base de la cama, por el tamaño del dolor. Las princesas también usaban zapatos mágicos: unos tacones de cristal bellísimos que transformaban sus pasos torpes en un baile elegantísimo y que les ayudaban a distinguir a su príncipe azul entre los sapos. Porque todas las princesas corrían un peligro y buscaban a un príncipe azul que las salvase. Eso sabía ella de los príncipes: lo que le habían contado.

La pequeña princesa se preguntó cómo reconocería ella la legumbre, los zapatos y el príncipe. Además de esperar a que su príncipe —o rey, cuando lo fuera— regresase al castillo, y de convertirse en la madre de otras princesas y otros príncipes, ¿le permitirían dedicarse a otros asuntos? Cuando nadie la observaba, a la pequeña princesa le gustaba asomarse a la ventana y fijarse en las flores del jardín, tan distintas unas de otras: en un cuaderno las dibujaba, imitando los colores, y anotaba las fechas en las que los pétalos se secaban, y las fechas en las que los pétalos se caían, y las fechas en las que los colores nacían otra vez. En sus paseos, con la misma sensación de quien confiesa un secreto, arrancaba algunos pétalos y los colocaba en la hoja correspondiente del cuaderno, y por la noche, antes de dormir, soñaba que vivía el resto de su vida en el jardín, entre las flores.

—¿Existiría algún motivo por el que yo pudiera dejar de ser princesa? —preguntó sin apartar la vista de toda la ropa que tendría que dejar olvidada en el palacio.

—¿A qué te refieres? —preguntó la maestra, doblando con mimo una túnica marrón que la pequeña princesa no tardaría en condenar al rincón más inaccesible del armario—. ¿Algún motivo por el que una princesa abandona su corona, a su príncipe y a su reino? No te preocupes. Lejos del palacio, en los caminos que recorramos, habrá cosas diferentes que iremos aprendiendo.

—¿Ha existido alguna vez una princesa a la que no le dejasen serlo por desobedecer? Porque decidiera tener una legumbre, unos zapatos, un peligro y un príncipe, pero también otras cosas que escogiese ella misma. —Tragó saliva e hizo una pausa—. Por tener una afición...

—¿Como montar a caballo o leer libros que no traten sobre la historia de los reinos? Es verdad que se supone que una princesa debe acompañar al príncipe o al rey, cuidar de sus hijos, ser bella y sabia. Pero seguro que también encontrarás tiempo para lo que desees. La madre de la madre de la reina, ¿la recuerdas?

—Sí... Estudiamos el nombre de su marido, de su hijo, de su nieto, de su bisnieto, pero no el suyo. Un puñado de lentejas en su colchón le robó el sueño, y con unos zapatos del mismo color del cielo logró conquistar al padre del padre de la reina. No recuerdo el peligro que dictaba su cuento.

—También cuentan que en todos sus viajes anotaba la distancia entre los castillos, los ríos que cruzaban cada reino, las montañas que actuaban de frontera. Esos apuntes los entregó a los cartógrafos del rey, y con su trabajo se trazaron los mapas que hoy ayudan a que no nos perdamos.

La pequeña princesa y su maestra eligieron durante toda la tarde qué deberían llevar con ellas en su viaje. A la maestra le bastaban un par de vestidos sencillos, oscuros, para viajar, y un par de camisones con los que dormir; para la pequeña princesa escogieron el único vestido de color violeta, el que menos había utilizado en las fiestas del palacio, y una túnica ancha y cómoda que resistiría muchos kilómetros. La pequeña princesa pidió el camisón con el que dormía cada noche, con sus encajes y sus iniciales bordadas, para recordar su vida antes de los quince años.

—Y estos zapatos —apuntó la maestra.

—Esos zapatos no —rechazó la pequeña princesa.

La maestra señalaba las horribles zapatillas viejas de piel. La pequeña princesa las había escondido bajo la cama, en un rincón del armario, detrás de una estantería con regalos de monarcas extranjeros —una muñeca con tres ojos, un pájaro que alguien disecó— y, sin embargo, las zapatillas regresaban siempre al mismo lugar: al centro de la habitación, ahora en las manos de la maestra, como si quisieran que ella las calzase.

—Quiero los zapatos de tacón y de cristal. O los zapatos finísimos de ante negro. O los tacones, también, pero los de espejitos, que destellan cuando bailo —dijo—. Pero nunca esos tan feos, impropios de princesa —terminó murmurando para sí.

3

La pequeña princesa y su maestra viajaron durante días hasta el palacio del reino vecino. Cabalgaban en silencio, la una junto a la otra, mientras escuchaban la música de las herraduras al chocar con la tierra. Más allá del Bosque Bondadoso se distinguían las murallas del palacio al que se dirigían. La leyenda aseguraba, le explicó la maestra, que las copas de esos árboles multiplicaban su frondosidad cuando sentían algún peligro, para proteger a las buenas personas que se refugiasen en él.

—Aquí los árboles ocultan a los inocentes de la ira de quienes les atacan —le contó la maestra.

—¿Por eso se llama Bosque Bondadoso? Viendo estos árboles yo pensaba en los frutos o en sombras para la siesta.

—Dicen que quienes buscan el mal se enredan en las ramas y en las hojas del Bosque Bondadoso, y las raíces de los árboles les agarran por el pie, hasta que la tierra se los traga y desaparecen para siempre. Entonces aquellos que huían pueden regresar a casa sin miedo.

—¿Esos cuentos son reales?

—Los cuentos, muchas veces, se mezclan con la realidad: como si lo que es verdad y lo que no lo es se emborronasen y se confundiesen. Hay que saber mirar con el corazón para distinguirlo.

Sabiendo que nada malo les ocurriría allí, cruzaron tranquilas el Bosque Bondadoso.

La pequeña princesa había aprendido muchas cosas de memoria: las flores del jardín, las fiestas de su reino, las hazañas de su rey. Algunos castillos de otros reinos también se los habían enseñado, gracias a las ilustraciones de los libros. Aquel que ahora alcanzaban no le recordaba en absoluto al palacio del que se habían marchado.

Dentro, en el salón donde recibían a sus huéspedes, a la pequeña princesa le llamó la atención la manera en la que lo habían decorado. Se sentía apabullada, como si con aquellos objetos quisieran decirle algo que no lograba entender: los estandartes de terciopelo con el escudo de su casa, las cabezas de animales que colgaban en las paredes a modo de trofeo, y un mapa inmenso de piel en el que el artesano grabó los territorios conquistados por su rey. Bajo él, en tres sillas pequeñas, tres princesas aguardaban calladas, prestando una gran atención a sus zapatos. Conforme daba un paso, y otro más, el corazón le latía más fuerte.

—Soy la princesa del Reino sin Nombres. Me acompaña, en mi viaje, mi maestra. Nos llena de alegría poder conoceros.

Las tres muchachas se miraron entre ellas, sin dirigirle la palabra. Una de ellas, la del pelo adornado con tirabuzones, había decidido que quizá la princesa extranjera tuviese más importancia que el suelo y ahora buscaba sus ojos. La princesa sentada a su izquierda, que jugaba con un ramillete de plantas aromáticas, también había cambiado de actitud: ahora intentaba dar con algo en el horizonte, más allá de la pequeña princesa y de su maestra. A la derecha de la princesa de más edad —la del peinado refinadísimo—, la tercera jugaba a golpear los talones con el trono: esa música repetitiva, como una percusión, impedía el silencio.

—Soy la princesa del reino vecino. Sería un honor obtener vuestra hospitalidad. Mi maestra y yo hemos viajado muchas jornadas para llegar hasta aquí.

Las tres princesas mantenían la boca cerrada, como si no oyeran la voz de su visitante; quizá buscasen la respuesta en el suelo, en el muro

junto a la puerta, en su regazo que olía a lavanda y a tomillo. La pequeña princesa miró de reojo a la maestra, que también permanecía muda, como tomando notas para juzgar lo que ocurría, con la espalda muy pegada a la pared.

—No oirá la voz de mis hermanas, princesa —dijo una voz que se acercaba, paso a paso, al centro del salón—. Las mujeres de este reino prometieron dos años de silencio por cada uno de nuestros hombres caídos en batalla. Por supuesto, cuente con una habitación para usted y su maestra, y con un recibimiento a su altura.

Frente a ella, el príncipe la saludó con una reverencia. A la pequeña princesa le llamó la atención la diferencia entre las palabras, la voz y el aspecto del muchacho. El saludo tan grave, tan serio —como los que ella había ensayado con su maestra para acercarse a los embajadores que parlamentaban con el rey—, lo pronunciaba una voz aguda, con canto de pájaro aquejado o de instrumento musical insoportable. El chico no medía mucho más que ella, pero sí abultaba el doble gracias a la armadura, que no le resultaría muy útil para recorrer el palacio. Por las mangas y el cuello asomaba una puntilla muy tosca, y el cuerpo lo cubrían varias capas de terciopelo. A la pequeña princesa se le ocurrió que habrían utilizado el mismo que para los estandartes, e intentó no reírse.

—Si le complace, princesa, me gustaría que me acompañara a conocer nuestro castillo, tan humilde. Mi maestro me habló un día sobre el magnífico lugar del que viene, así que quizá encuentre esta casa un poco basta.

—Yo...

—Fantástico. Nuestro rey ofrecerá esta noche un banquete en su honor. Imagino que la fama de nuestras cenas de bienvenida habrá llegado a vuestro reino.

—Creo que...

—Entonces, vayan a descansar a sus aposentos, hasta ser llamadas para la cena.

Antes de que ella reaccionase, el príncipe la había obligado a tomarlo del brazo —la agarró de la muñeca con fuerza para que se sujetase a él— y recorrían ya los pasillos oscuros, laberínticos, de aquel palacio. Justo tras ella caminaba la maestra, y a cierta distancia les seguían las tres princesas silenciosas. Cada una de las habitaciones del castillo exhibía, como pasaba en los museos, uno de los logros del rey y sus antepasados: en una, los ropajes de un antiguo prisionero capturado en un reino al otro lado del mar; en otra, la cosecha recién ofrendada por los campesinos que trabajaban las tierras junto al foso.

La pequeña princesa quiso preguntar por la biblioteca. Sin embargo, cruzó una mirada con la maestra y entendió que sería más sabio mantenerse prudente, de modo que rindió homenaje a todos aquellos héroes del reino, igual que las princesas mudas, y calló.

Conforme el cielo se teñía del color de la noche, la pequeña princesa escuchaba más y más ruidos: de los jardines, de las cocinas, de los salones cercanos a su dormitorio. Pasó la tarde tumbada en la cama mientras la maestra recorría la habitación de punta a punta. Nunca la había visto tan nerviosa, salvo aquel día en el que se encontraron por primera vez en la sala de los libros del palacio y el rey advirtió a la maestra:

—Haga su trabajo.

Y el rey se marchó y nunca más pisó la biblioteca.

Supieron que la fiesta comenzaba porque cayó la noche, y por un pregonero que contaba un romance de las gestas que seguirían al encuentro de aquella velada y elogiaban la valentía del rey y del príncipe, al que la pequeña princesa no imaginaba con una espada o comandando un ejército. La pequeña princesa cambió la túnica con la que viajaba por su vestido violeta para las fiestas y recogió su larga melena en una trenza. Escogió los zapatos de espejos, aquellos que brillaban, pero mientras esperaba en el salón se preguntó para qué reflejar aquellos muros tristes, y de repente echó de menos las mesas largas y alegres de las fiestas de su reino.

—En pie para recibir al Rey de Aquí y de Allá, Castigo de los Rebeldes, Pesadilla de los Débiles, Destructor de Enemigos.

La pequeña princesa, sintiéndose minúscula en aquel salón, agachó la cabeza. Por el pasillo avanzaba el rey y, tras el anuncio, la pequeña princesa descubrió a un hombre rechoncho con la corona encajada en la cabeza. Parecía que se la hubieran colocado a presión y que jamás se la hubieran sacado. A la pequeña princesa, después de aquella gran presentación, la decepcionó aquel rey que parecía de chiste.

—Luché con tu padre en una batalla, hace muchos años. No recuerdo qué arma manejaba. No suelo fijarme en los compañeros. Solo me importan los rivales.

El rey se dirigió a la pequeña princesa para darle la bienvenida, pero ella no veía más que sus mofletes rojos y brillantes, iguales que las manzanas de los cuentos, sobresaliéndole bajo la corona.

—Majestad. —La pequeña princesa saludó al rey con una reverencia y buscó a la reina, agazapada tras varias damas de la corte. Tal y como su maestra le había enseñado, repitió el gesto para saludarla también.

—Yo soy el rey de este reino, el único que merece el respeto de mis súbditos y el de mis huéspedes. ¿Cómo te atreves a tratar a la reina igual que a mí?

—Lo siento. Yo pensé... En mi reino, la reina ocupa su trono junto al rey, luce también corona y merece el mismo respeto.

—Vienes de una tierra de guerreros cobardes, que prefieren las palabras a las armas. Yo lucho con mis manos. ¿Y tú, mujercita?

El rey se giró, dándole la espalda, y buscó su asiento en la mesa. Mientras daba comienzo la cena, la pequeña princesa permaneció con tristeza en aquel salón, tan lejano del palacio del que se había marchado.

—No dejes que te haga sentir mal —le susurró la maestra mientras se acercaban al lugar que les correspondía como invitadas—. No lo merece.

Pero las palabras del rey entristecieron a la pequeña princesa, que no probó bocado durante el banquete. Ni el faisán con salsa de ciruela ni el pastel de ciervo del Bosque Bondadoso ni el postre con quesos de olor fuerte; se limitó a escuchar al príncipe, que contaba anécdotas de cacerías sin que ella pronunciase más de una palabra. La pequeña princesa enmudeció, igual que todas las mujeres de aquel reino, y decidió guardarse todas sus frases para sí, como si su voz mereciese algún castigo sanguinario. Por la noche, en el dormitorio, mientras se cepillaba la melena como recordaba que hacían las criadas, la pequeña princesa preguntó a su maestra:

—¿Será siempre de esta forma, reino tras reino? ¿Esas princesas y esa reina a las que nadie quiere escuchar? ¿Ese príncipe parlanchín, que repite una y otra vez los mismos chistes? ¿Ese rey que me desprecia y que desprecia mi reino? Si va a ser siempre de esta forma, entonces prefiero no conocer más y quedarme aquí, cerca de casa.

—Todas las cosas, las buenas y las malas, debes conocerlas.

Aquella noche, la pequeña princesa soñó con todo lo que le había ocurrido en las horas que había estado despierta: la reina cosía los labios de las princesas con labor de costurera, el príncipe le ofrecía un ramo de flores espinadas y el rey abría la boca para tragársela a ella.

¿Qué ocurriría si se quedaba allí para siempre? ¿Olvidaría el sonido de su voz, igual que olvidaría alguna vez la forma de los charcos de lluvia que se distinguían desde su dormitorio de princesa? ¿Cómo viviría ella sin sus flores? ¿Cuándo se agotaría el luto por todos los hombres del reino? ¿Hablarían sus hijas con alguien algún día?

Al despertarse, a la pequeña princesa se le borraron las dudas: aquel reino no estaba hecho para ella. Así es como deciden los adultos, pensó. Se preparó y se vistió, sin los rituales de su palacio, para presentarse ante el rey.

Mantuvo todos estos pensamientos en la cabeza mientras oía un largo discurso del rey, del que apenas cazaba palabras sueltas y molestas, como insectos que picaban. En el primer salón que conocieron el día anterior, la pequeña princesa y la maestra se enfrentaban al rey y al príncipe; sentados ellos en sus imponentes tronos de roble, tan diferentes a las pequeñas butacas que habían ocupado las princesas silenciosas. Sin haber intercambiado una sola palabra, la maestra entendió que la pequeña princesa había tomado una decisión. Durante la mañana, antes de dirigirse al encuentro, la maestra había doblado con prisa sus vestidos y sus camisones, para continuar cuanto antes su viaje.

—Tengo el placer de aceptarte como esposa de mi hijo. Bienvenida a nuestro reino.

—Majestad... —La pequeña princesa carraspeó, como si en la garganta se le hubiese atascado todo el frío de la noche anterior—. Agradezco mucho su propuesta..., pero... la verdad... yo no querría quedarme aquí.

—¿Cómo? No puedo tomarme en serio tu palabra. Tienes quince años. Tienes quince años y eres una niña insolente, princesa de un rey demasiado preocupado por la geografía, princesa de una reina que habla demasiado.

—Nuestro rey, su padre, nos ha enviado para escoger un príncipe con el que contraer matrimonio. Debemos conocer las opciones antes de establecernos en uno u otro reino —interrumpió la maestra.

—Nunca he aceptado la palabra de una mujer. ¡Y menos una orden! —bramó el rey.

—¿Qué hará entonces, Majestad? —La maestra se enfrentó con él—. ¿Encerrarnos en la torre del castillo hasta que la princesa cambie de opinión? —El corazón de la pequeña princesa latía más fuerte a cada palabra de su maestra—. Tanto los ejércitos de nuestro soberano como los de su hermano asediarán la fortaleza, y también los de los reinos amigos. Ninguno de sus soldados, Majestad, ni de sus emisarios podrá cruzar el Bosque Bondadoso para combatirlos o para negociar, porque los árboles lo reconocerán y se lo tragarán. Ya sabe que el norte lo pueblan sus enemigos. Dispone de las cosechas de sus tierras, pero le costará sobrevivir sin mercadear ni saquear. —La maestra tomó aire—. Usted tiene la fiereza, pero nuestros reinos tienen la paciencia.

—¡Nunca he aceptado la palabra de una mujer! ¡Y menos una amenaza!

La maestra interpretó la furia del rey como una invitación a la huida. Sin dudarlo, tomó la mano de la pequeña princesa y corrieron hasta las cuadras donde descansaban sus caballos, aseguraron sus pertenencias y ajustaron el trote para dejar atrás aquel castillo.

En su camino hacia otro palacio, la pequeña princesa conversó con su maestra sobre la experiencia del día anterior. Tal era su necesidad de compartir lo que pensaba que las palabras se le derramaban de la boca y debía parar a tomar aire. Habló con la maestra sobre la familia que gobernaba en aquel reino y sobre las mujeres calladas en el palacio, pero también en las granjas y en los pueblos.

Y recordó algo que había sucedido.

Durante la huida, la pequeña princesa había vuelto la mirada al irse, como siempre que abandonaba un lugar en el que le habían ocurrido cosas importantes, y entonces distinguió en una de las ventanas a las tres princesas y a la reina, que sonreían y agitaban sus pañuelos en señal de despedida. Creyó vivir en un hechizo, porque los labios de las mujeres se movieron y le pareció escuchar muy altas, a lo lejos, sus voces:

—¡Adiós!

—¡Buen viaje!

—¡Que tengáis suerte!

—¡Muchas gracias!

4

Uno de los momentos del viaje que más disfrutaba la pequeña princesa ocurría cuando la luna se asomaba y se detenían en una posada para cenar algo y reponer fuerzas. Allí, frente a la sopa caliente y el pan algo seco —lo horneaban por la mañana: a ella le gustaba aquel olor que no conocía, el de la rebanada caliente acababa de hacer—, la pequeña princesa y la maestra dejaban de ser ellas y compartían opiniones sobre lo que había sucedido durante el día o sobre el tiempo anterior en el palacio. A la pequeña princesa le sorprendió añorar pocas cosas de su vida allí: el dormitorio de color rosa, la manera en la que las criadas la saludaban cada mañana, el jardín lleno de colores. También, le recordó la maestra, las tardes en las que juntas se perdían por la biblioteca milenaria y elegían las historias que conocerían más tarde.

En la primera posada en la que descansaron —una muy pequeña, con apenas un salón en el que se amontonaban las jarras de cerveza y dos alcobas, atendida por una familia que les ofreció cerezas de postre— la maestra le preguntó si recordaba las obras de teatro que se celebraban en el Patio Enorme del castillo.

—¡Por supuesto que sí! —contestó la pequeña princesa con gran entusiasmo.

La pequeña princesa aprendía historia en los libros, pero también gracias a aquellas representaciones. Coincidían con las fiestas en las que se conmemoraban fechas importantes —alguna batalla ganada por el reino o incluso la vez que un rey antiquísimo derrotó a una bestia para liberar a su reina— y la pequeña princesa estallaba en carcajadas cuando el actor que fingía ser un criado se tropezaba y derramaba el vino de los brindis a los pies del actor que hacía de rey. Le gustaba mezclarse con la corte, con las otras muchachas y con los chicos que aguardaban vestirse de uniforme para guerrear, y aplaudir y gritar como los demás, aunque todo el mundo la reconociese.

—En cada posada —le pidió la maestra— tenemos que jugar a ser otras personas: madre e hija. Igual que en aquellas obras, ¿te acuerdas? Puedes llamarme maestra cuando regresemos al camino, pero es mejor que la gente a la que no conocemos no sepan quiénes somos.

Después de retomar su camino y cabalgar durante todo el día, decidieron descansar junto al Manantial de las Palabras Verdaderas. Al oír aquel nombre, la pequeña princesa imaginó que alguna leyenda fascinante correría entre sus aguas y preguntó por ello a la maestra.

—¿Qué nos ocurriría si bebiésemos agua del manantial?

—La gente de este lugar intenta no hacerlo. Mana limpísima, casi transparente, y tan fresca que apenas la cantidad del hueco de la mano basta para acabar con la sed y el cansancio de horas. Pero aseguran que la sinceridad se te instala en la boca del estómago y, cuando menos lo esperas, sube al corazón. Puede que la bebas hoy y que transcurran meses o años hasta que, en el momento en el que menos lo esperes, haga su efecto y te anule las mentiras. Dicen que solo ocurre en aquellos momentos en los que se necesita la verdad sobre el resto de las cosas.

La pequeña princesa escuchó atenta la explicación. No terminó de comprender el miedo de las gentes del lugar: si no tenían nada que esconder, ¿por qué alejarse del Manantial de las Palabras Verdaderas?

—¿De verdad prefieren caminar varios kilómetros, y arriesgarse a beber el agua turbia, con tal de no desvelar lo que sienten? —preguntó.

—No todos estamos listos para afrontar siempre la verdad —respondió la maestra—. Pero al conocerla, si no nos gusta, podemos hacer algo para intentar cambiarla: eso no es posible con una mentira. Yo siempre prefiero la verdad, así que beberé del manantial.

—Yo beberé también —respondió la pequeña princesa—. Ni tengo secretos, ni quiero mentiras.

La pequeña princesa unió las palmas de las manos y las ahuecó; las sumergió en la fuente, las sacó rebosantes de agua y, con ansia y curiosidad, tragó y tragó y tragó. Cuando sorbía el último hilillo del agua que abría el corazón, vio que la maestra también bebía con ansia, acercando el rostro al manantial. ¿Habría sido correcta aquella decisión?

Tardaron varios días en alcanzar el siguiente reino y, con él, el siguiente castillo. La pequeña princesa rememoró las fortalezas que había estudiado durante aquellas tardes en la gran sala y lo comparó con aquellos dibujos generosos en detalles: las murallas exactas a las de los castillos de verdad, los portones idénticos a los de la realidad.

En el segundo palacio que visitaban fueron recibidas por la reina. Esta se disculpó porque no esperaban todavía su presencia. El rey y el príncipe habían salido a cazar y regresarían en breve, de modo que la reina se ofreció a guiarlas y acompañarlas mientras les esperaban.

—¡No contábamos con vosotras hasta dentro de varios días!

—Nosotras tampoco —sonrió la maestra tras la reverencia obligada—. Primero conocimos el reino junto al Bosque Bondadoso, y decidimos reanudar nuestra marcha antes de tiempo.

—No me extraña... ¡Con ese hombre maleducado! —comentó la reina mientras tomaba del brazo a la pequeña princesa—. Y esas pobres princesas, tan lindas, con esa madre sin fortuna; todas esas vidas en silencio... En este reino no tratamos así a nadie. Por favor, sed bienvenidas.

¿Querríais tomar una taza de té? Nosotras mismas recolectamos y secamos las hojas. ¿Quizá os apetezca acompañarnos?

La pequeña princesa se sintió muy cómoda paseando con la reina, y encadenó risa tras risa mientras escuchaba sus anécdotas. En aquella sala con cortinajes espléndidos, mientras tomaban té y las criadas les ofrecían pasteles con frutos cuyos nombres escuchaban por primera vez —sorbete de moras escarlatas, pastel de limón cosechado en la otra orilla del mar—, la pequeña princesa pensó que le gustaría quedarse allí para siempre.

Los días siguientes en aquel castillo se presentaron iguales que sus días de antes. La reina les explicó que el rey y el príncipe tardarían un tiempo en unirse a ellas, pero la pequeña princesa y la maestra vivían tan felices en aquel palacio que les importó bien poco. Dispusieron para la pequeña princesa una habitación desde la que veía las copas de los árboles frutales sin tener que moverse de la cama; desde allí también divisaba las flores, y le gustaba caminar entre las plantas, recoger los pétalos y guardarlos en su cuaderno. La reina y ellas desayunaban todo lo que se les antojaba, incluso delicias que ellas mismas habían inventado. En algunos momentos, la pequeña princesa y la maestra visitaban la biblioteca del palacio y escudriñaban un documento cuyas letras nunca entendían.

Antes de que el rey y el príncipe volvieran de cacería regresaron algunos soldados heridos y un marqués que se había echado la siesta en el prado y había enfermado por el sol. La reina lo dispuso todo para su próxima llegada y para el encuentro con la pequeña princesa: la cocina del palacio les serviría un banquete de rica carne y adornarían la mesa principal con un centro de las flores que ella misma había escogido.

El príncipe no le pareció gran cosa a la pequeña princesa. Un príncipe, en fin, como todos: el cabello claro y bien peinado, la sonrisa reluciente. Había tomado un baño —olía a gardenia— y vestía uniforme de gala: en la chaqueta oscura centelleaban todas las condecoraciones de sus muchos triunfos.

—Mira qué princesa tan bella. Acércate, hijo; ven a conocerla. ¡Qué brillo en sus ojos y qué sedoso su cabello! —Se saludaron, pero la pequeña princesa sintió como si observase un muro ancho de castillo.

—Cierto, madre. ¡Qué princesa tan bella! ¿Y cómo se llama la princesa? —preguntó él.

—No tengo nombre —admitió la pequeña princesa—. Adoptaré el nombre del reino en el que decida quedarme, o quizá se me ocurra algún otro durante el camino.

La reina también le presentó su hija a la maestra, que le ofreció su mano, dobló las rodillas ante ellos y regresó al lado de la pequeña princesa.

—¡Qué sabia su maestra! ¡Qué mirada inteligente la de su maestra!

—Cierto, hijo. ¡Qué maestra tan sabia!

Los elogios de la reina se habían convertido durante aquellos días en un sonido habitual para la pequeña princesa: tanto los repetía, tanto insistía en ellos, que los confundía con el entrechocar de los tenedores o los ladridos de los perros diminutos que jugueteaban por las salas del palacio. Todas aquellas palabras, ¿las sentirían de verdad?

El baile en honor a su invitada lo abrieron el rey y la reina, y más tarde el príncipe invitó a la pequeña princesa a unirse, y durante horas su danza la guio la música que interpretaba la orquesta más famosa del reino. Elogiaba el príncipe su rostro lindo y dulce, y el encanto con el que la pequeña princesa tropezaba, y el bostezo con el que acompañaba el enésimo giro sobre sí misma, convertida más en peonza que en muchacha.

La pequeña princesa se marchó a dormir con una gran pregunta: si todo en aquel reino les parecía tan hermoso, ¿cómo distinguir la belleza entre todas las cosas? Y recordó entonces el Manantial de las Palabras

Verdaderas, y decidió que prefería una verdad fea —aunque doliese— antes que una mentira bonita y brillante.

A la mañana siguiente, susurrando en la mesa de la biblioteca para que nadie se enterase, la pequeña princesa pidió ayuda a la maestra. ¿Qué debía hacer?

—Igual que supe que no quería vivir en el reino anterior, no sé si me gustaría pasar mi vida en este palacio. Duermo en esa habitación como dormía en la mía propia, con la tranquilidad de que todo marchará bien al día siguiente, y me divierto aprendiendo de la reina. El príncipe no parece listo, pero tampoco tonto, y desde luego tiene mejor corazón que aquel príncipe insoportable.

—No tenemos prisa —respondió la maestra en voz muy baja, casi sin que ella misma se escuchara—. Tomar una decisión tan importante como esta necesita que lo pienses mucho, durante largo tiempo.

—Todos esos halagos, ¿cuánto tienen de verdad? Me preocupa quedarme en este reino y no quejarme nunca más si una salsa no me gusta o si no quiero bailar con un príncipe extranjero.

—Nadie más que tú puede saber si, al escuchar sus palabras, entiendes que nacen del corazón. Si no crees que este pueda ser tu nuevo reino, no temas: seguiremos viajando y buscando —concluyó la maestra.

Después de la charla con la maestra, la pequeña princesa se retiró a sus aposentos hasta recibir la llamada de la reina. Su rutina se asemejaba cada vez más a la de sus primeros catorce años. Cada mañana, después de escoger uno de los vestidos de la hija de la reina —una princesa ya casada, que vivía en otro castillo—, escuchaba durante horas en la biblioteca a la maestra, que le mostraba los hallazgos encontrados entre los papeles viejos. Más tarde tomaba su cuaderno de flores y dibujaba en él las rosas de la rosaleda, los tulipanes con sus colores diferentes.

Una mañana, mientras la pequeña princesa desayunaba en el balcón y se planteaba que quizá fuese el momento de partir hacia un reino diferente, alguien llamó a su dormitorio con delicadeza: los nudillos apenas rozaron la puerta, pero con tal rotundidad que alteró el vuelo de una mariposa. La pequeña princesa se sobresaltó.

—¡Querida! Te he tenido un poco olvidada estos días... La llegada del rey y del príncipe me trastocó los planes. Debía escuchar sus anécdotas, reír sus gracias y disponerlo todo para que se incorporasen de nuevo al gobierno del reino. Pero tú, ¿cómo has estado? ¡Siempre tan hermosa y divertida, princesa mía! ¿Qué te parecería reunirte un momentito con el rey y el príncipe? ¿Podríamos avisar a tu maestra? ¡Cuánto me gusta escuchar a esa mujer listísima!

La pequeña princesa se esforzó por recordar un momento en el que la reina hubiese coincidido con la maestra durante más de cinco minutos,

pero no lo consiguió. Si les faltaba el sentido a sus palabras, ¿qué razones la ataban a ese reino?

Prácticamente la llevaron en volandas a la sala en la que la esperaba el rey. Una vez más, los tres tronos —el suyo, imponente, y más humildes el de la reina y el príncipe— ocupaban un pequeño escenario, frente al cual escuchaban la pequeña princesa y su maestra. El rey, que tan apuesto le había parecido durante la noche del baile, ahora se presentaba ante ellas cansado, con las ojeras oscurísimas y el poco pelo amontonado bajo la corona.

—Estáis en mi reino porque buscáis un príncipe para la princesa.

—Así es —asintieron.

—Habéis convivido con nosotros durante un cierto tiempo. La reina habla maravillas de vosotras, en especial de la princesa. Asegura que no existe otra muchacha tan bella y tan inteligente en todos los reinos sobre este pedazo de tierra.

Ante esto, la pequeña princesa sonrió, sin articular palabra.

—Claro que sobre la princesa de los cabellos rojos como el fuego aseguró lo mismo, y otro tanto con aquella muchacha, ¿cómo se llamaba? Aquella princesa con los pasos demasiado grandes para nuestro príncipe.

La reina mantuvo la sonrisa y siguió admirando al rey.

—Dicen además que viajáis solas, la una con la otra.

—Sí —reconoció la maestra.

—Jamás permitiría que mi princesa abandonase el reino sola. ¡Sola! ¡Y con una mujer como única compañía! Mi hija, la hermana pequeña del príncipe, viajó con un ejército que la protegía, y eso que se casó con el rey del reino vecino. Si te asomas al balcón del norte —el rey lo señaló—, verás su castillo desde allí. ¡Solas! ¡Dos mujeres solas! ¡Pero qué tremendo disparate! —El rey frenó sus gritos y llamó a su criado con un gesto.

—La princesa y yo no hemos tenido ningún problema en todas estas jornadas de viaje.

La maestra interrumpió el discurso del rey. La pequeña princesa la miró con los ojos muy abiertos, queriendo advertirle de que precisamente se comportaba tal y como la propia maestra le había prohibido a ella.

—¿Qué quiere decir? —preguntó el rey, estupefacto.

—Quiero decir que hacemos nuestro propio camino. El rey ha confiado en mí durante todos estos años para que la educara, y ahora confía en las dos para que encontremos un reino y un príncipe para la princesa.

—No será este —añadió la pequeña princesa, sin poder aguantarse las palabras.

La reina y el príncipe exageraron su sonrisa, hasta que los dientes impidieron cualquier otra mueca en sus caras. El rey, por su parte, se despegó del trono de un salto y se inclinó hacia la pequeña princesa y la maestra:

—¿Venís a mi palacio a cobijaros durante semanas, a comer de mis platos y beber de mis copas, a dormir bajo un techo seguro, y contradecís mis opiniones y rechazáis al príncipe y a mi reino?

—Sí —contestaron al unísono la pequeña princesa y la maestra.

Y sin darle la oportunidad de contestar, las dos mujeres regresaron a sus habitaciones para preparar una vez más el equipaje y partir al siguiente reino. Mientras cambiaba su vestido de gala por otro de la antigua princesa de aquel reino, la pequeña princesa recordó su decisión de beber del Manantial de las Palabras Verdaderas. Satisfecha, sonrió recordando aquello que le había dicho su maestra: las palabras verdaderas nacen del corazón.

5

Cabalgaron la maestra y ella durante semanas, tras negarse a permanecer en aquel reino gobernado por la reina encantadora, el príncipe encantador y el rey algo menos simpático; en algunos momentos la pequeña princesa pedía un tiempo de descanso, que aprovechaba para recoger, cuando la maestra se despistaba, algunas pequeñas margaritas que florecían a ambos lados del camino. Quiso ofrecérselas a la maestra, como regalo, pero se limitó a guardarlas entre las páginas de su cuaderno.

Una tarde, después de que la maestra le pidiese que aligerase el ritmo para alcanzar la posada más cercana antes del anochecer, la pequeña princesa lanzó aquella idea que buscaba salida en su cabeza:

—Quería agradecerte tus consejos, maestra. Me precipité creyendo que quería vivir para siempre en aquel palacio. Ahora estoy muy feliz de habernos marchado de aquel reino.

La maestra no contestó, pero la pequeña princesa interpretó una leve sonrisa como una respuesta. Aquella noche en la posada les sirvieron una crema de hortalizas algo pasadas, de la que sin embargo disfrutaron; se sentían tan agotadas después de viajar durante todo el día, que cualquier plato les sabía mejor que las comilonas palaciegas. Cuando hubo servido a todos los huéspedes, la cocinera se acercó a la mesa en la que las dos apuraban su cena y pidió permiso para sentarse. La maestra asintió.

—Hace no sé cuántas horas que me desperté, y ahora necesito charlar un poco —anunció la cocinera—. ¿Qué les trae por aquí?

—No interpreté bien los mapas ni los cruces —se excusó la maestra— y nos hemos extraviado en nuestra excursión. Enviudé y viajamos hacia una de las aldeas del Castillo Alto, donde vive mi hermano. Él nos acogerá.

—Lo siento mucho. —La mujer de la posada expresaba en su consuelo pena auténtica; la pequeña princesa pensó en su conversación con la maestra antes de beber del Manantial de las Palabras Verdaderas y sintió dolor por el engaño—. Hace muchos años que mi marido también murió. Él había heredado de su padre esta posada, y su padre de su padre, y así hasta la primera piedra y el primer hombre con ese apellido. Mi hijo, ese muchacho de ahí —dijo señalando a un chico algo mayor que la pequeña princesa—, iba de un lado a otro con una pequeña caja de madera, para subirse y tomar nota. No era más alto que las mesas.

—Yo sí que lo siento —lamentó la maestra.

—No se trata de llenarnos de penas, ¿verdad? ¿Qué sabe hacer su hija?

—Aún no sabe cocinar, pero cose ropajes de gala que convertirían en reina a cualquiera de nosotras —explicó la maestra, mientras la pequeña princesa le pellizcaba el muslo por debajo de la mesa.

—Quizá la empleen en la corte, ¿verdad? He escuchado que la reina del Castillo Alto es elegante y caprichosa. Unos vienen de allí, otros de allá... Yo sé lo poco que oigo mientras friego platos y caliento ollas.

—También me gustan las flores —reconoció la pequeña princesa—. Todas, sin excepción. Aunque no sé qué podría hacer con esto. ¿A quién le sirven hoy las flores?

—Cada noche, mientras mi hijo convence a los hombres borrachos de que dejen de cantar, observo a mis huéspedes desde la cocina. Algunas veces, si me despiertan confianza, como hoy, pido permiso para sentarme y conversar hasta que nos venza el sueño. Ayer, cuando ya daba por perdida media olla de estofado de carne, y pensaba que me iría a dormir sin un poco de charla, una mujer joven me rogó cobijo contra la lluvia. No me pude negar: apenas guardaba un par de monedas en el bolsillo, que ni siquiera servían para dormir en el zaguán. Pero ella me ofreció una historia, y me pudo la curiosidad.

—¿Una historia? —preguntó la maestra.

—Esta mujer me habló de algo tan antiguo que se pierde en nuestros calendarios: ya no sobreviven hijos o nietos que recuerden a algún protagonista, y nos lo describan con las palabras fieles. En un reino muy lejano, seguramente al otro lado del océano, puede que en las tierras donde no conocen otra época que el invierno, una princesa vivía su vida de princesa. En la almohada germinaba una semilla de garbanzo, de tanto tiempo que llevaba molestando la legumbre, y unos sencillos zapatos de color amarillo le habían permitido librarse de su madrastra, sin príncipe con lanzas ni maldiciones rotas. Todos elogiaban los rizos de su pelo oscuro, su amor por los animales y su curiosidad por los demás: prefería escuchar antes que hablar. Hubo un momento en que su padre consideró que debía reinar lejos de allí, por su edad; que se había preparado para atender a un rey y llenar la corte de pequeños príncipes, y la princesa comenzó a viajar junto con la maestra que la había educado.

—¿Qué ocurrió? —preguntó la pequeña princesa.

—Durante años peregrinaron de reino en reino, de castillo en castillo, y ningún príncipe agradaba a la princesa. A uno le achacaba la nariz demasiado grande, y a otro, la nariz demasiado pequeña; el que le agradaba por su físico le desagradaba por su carácter; de todos echaba de menos que no conversasen más que sobre su árbol genealógico y la temporada de caza. Un día, en un camino que identificaron como el de regreso a su palacio, la maestra le reprochó que volvían al punto de partida: el castillo del padre. Ya conocían todos los reinos de aquella tierra y no tenían el permiso del rey para recorrer otras orillas. La princesa se resignó y en un primer momento, lo aceptó, pero huyó con su caballo mientras la maestra dormía, y se le perdió la pista.

—Ya se sabe lo que ocurre con este tipo de historias —puntualizó la maestra—. Unos las cuentan a otras, otras a unos, y así hasta que lo que sucedió en verdad se deforma por las voces.

—La leyenda cuenta —prosiguió la cocinera— que, después de huir, todo el mundo rechazó a la princesa y ningún príncipe ni ningún reino se ofrecieron a acogerla. Se quedó sin nadie, y dicen que ahora la princesa vaga, sola y desvariando, por los caminos de los reinos, no importa en qué tierras, no importa junto a qué océanos. Los recorre sobre su caballo, acompañada por gatos y por perros. Ha fundado su propio reino, y a esos animales a los que nadie quiere los ha adoptado como súbditos.

—¿Qué recuerda sobre la mujer que le contó la historia? —se interesó la pequeña princesa.

—Muy poco. Ató su caballo a la empalizada del establo, que mi hijo techó antes de las tormentas, y la recibimos empapada, porque caminó algunos metros. Nunca se descubrió la capucha, pero me pareció intuir un rizo escapándose por ella. Era amable y decidí cederle una de las habitaciones vacías. A la mañana siguiente se marchó muy temprano.

A la pequeña princesa le costó dormir aquella noche. La maestra le había dicho que en los cuentos a veces una verdad parecía una mentira, y al revés. ¿Cómo sabría si la princesa errante existió realmente? Intentó pensar con el corazón, como le había aconsejado la maestra, pero no consiguió descubrirlo.

El viaje de las dos mujeres transcurría con calma: intentaban situarse de nuevo en los caminos que aparecían en sus mapas, y para ello trotaban durante las horas de sol y procuraban dormir todas las horas de noche.

Una tarde, poco después de haber tomado algo de pan y queso bajo un árbol de copa anchísima —la pequeña princesa aún no conocía su nombre, pero se quedó con una hoja para guardarla en su cuaderno—, ambas se enfrentaron a un problema.

El camino de tierra seca se bifurcó. La pequeña princesa achinó los ojos y se asomó al sendero de la izquierda: no demasiado lejos, a apenas unas horas de viaje, le pareció distinguir un castillo pequeño, con una torre altísima en el centro de la construcción, que despuntaba sobre un cerro. Con los ojos entornados, para ver más y más lejos, hizo lo propio con el camino de la derecha: a la misma distancia, para alcanzarlo también antes de que se pusiera el sol, aguardaba un castillo de muros tan blancos que cegaban si los rayos del sol caían sobre él.

—Me gustaría tomar el camino de la derecha —dijo la pequeña princesa con voz firme—. Quiero conocer el palacio de los muros blancos.

—Nunca he leído nada sobre él —reconoció la maestra—. En cambio, ese castillo de una sola torre en el camino de la izquierda... Me parece que una vez encontré en un pergamino una ilustración que lo representaba. Si no me equivoco, es, un reino próspero, con un rey generoso. Viva en él o no algún príncipe, seguro que nos brindarán refugio durante unos cuantos días. Dormiremos en una buena cama hasta retomar fuerzas y ya no tendremos que alternar la sopa de agua con la crema de cebolla.

—Tengo una corazonada y me gustaría escoger el camino de la derecha. No sabemos nada sobre ese castillo. ¿Y qué? Ya habíamos leído en los libros sobre las dinastías que gobernaban en los reinos que ya hemos visitado, y no nos sirvió de nada: las sorpresas fueron tristes en ambos casos. Creo que ese castillo será diferente.

—No es recomendable guiarse por las apariencias, princesa. ¿Recuerdas el impulso que tuviste en el castillo de aquella reina aduladora? Nunca importa tanto esa primera capa: fijémonos en lo que aguarda después.

La pequeña princesa observó contrariada a la maestra. Se había acostumbrado a escuchar sus consejos, pero en aquella situación algo le decía que en el castillo blanco la esperaban su príncipe azul, su legumbre molesta, sus zapatos encantados y su dragón fiero.

La curiosidad por conocer aquel castillo de paredes blanquísimas pesaba mucho más que los consejos de la maestra. La pequeña princesa se preguntó qué ocurriría si en ese palacio le esperase su hogar definitivo.

—Anochecerá antes de que nos demos cuenta —calculó la maestra—, y tendremos que refugiarnos hacia la mitad del trayecto, sea cual sea el que escojamos. ¿Te parece que descansemos un poco y mañana al amanecer nos pongamos de acuerdo? Una buena cena y unas horas de sueño nos ayudarán a tomar la mejor decisión.

La pequeña princesa asintió a regañadientes y ambas deshicieron el camino hasta la posada junto al cruce. Tenía la sensación de que la maestra buscaba ganar —con el tiempo— algo de razón frente a sus intuiciones, y convencerla así de tomar el rumbo que ella prefería.

Después de una cena copiosa, la pequeña princesa y la maestra —hija y madre para quienes se cruzaban con ellas durante su viaje— subieron las escaleras hasta su pequeño cuarto. Apenas había espacio para dos camas diminutas, la una junto a la otra, y la pequeña princesa cerró los ojos deseando que esa noche la maestra tuviese sueños un poco más dulces que otras veces, porque acababa de ocurrírsele una idea emocionante que jamás hubiese creído tener.

Al primer ronquido, la pequeña princesa lo decidió: aprovecharía

que la maestra descansaba, y saldría en mitad de la noche para recorrer ella sola el camino de la derecha. En un primer momento le asustó cómo reaccionaría la maestra, el miedo mismo que ella sentiría, y temió el enfado y el dolor: pero, igual que un impulso desconocido le empujaba a tomar ese camino, otra fuerza la invitaba a hacerlo por sí misma.

La pequeña princesa se vistió con cuidado, y tomó una de las hojas del cuaderno que llevaba consigo siempre. Con cuidado, porque incluso temía que el ruido del lápiz desvelase a la maestra, escribió una nota de aviso.

Querida maestra:

Sé que te enfadarás conmigo, y siento mucho hacer esto sin avisarte antes, pero me gustaría saber qué me espera al final del camino hacia el palacio blanco y reluciente. Tú misma me dijiste que debía buscar mi sitio. Algo en mí me dice que quizá esté allí.

Dentro de cinco días nos reencontraremos en la gran piedra que marca la encrucijada. Te esperaré allí para contarte qué ha sucedido en este tiempo.

¡Hasta pronto!

La pequeña princesa dejó la nota con cuidado bajo la almohada y, con el mismo sigilo —de puntillas, en gran silencio, como si custodiase un secreto—, tomó su equipaje y abandonó la habitación. ¡Qué pesado sentía el equipaje! Guardaba poco en él, pero su engaño a la maestra casi le impedía moverse. Ya fuera de la posada, montó las alforjas en su caballo. Respiró hondo, y puso rumbo primero al cruce de caminos y después al sendero hacia el palacio blanco y reluciente, donde quién sabía lo que le estaría esperando allí.

6

Si alguien volara —una bruja capturando a una muchacha inocente, o un príncipe para salvarla de su mala magia o un pájaro que cambiase su música por la palabra y contase todo aquello que ve desde las nubes— y reparase en la pequeña princesa desde el cielo, se preguntaría por aquella muchacha que canturreaba, feliz, por un sendero cualquiera de un reino cualquiera. Durante los primeros momentos de su viaje en solitario, mientras la luna cedía su lugar al sol, cabalgó por el camino de la derecha, hacia el palacio blanco y reluciente, con una grandísima emoción; hasta entonces, había desconocido lo que se sentía cuando tú misma decides el camino que tomarás, sin que nadie te advierta ni aconseje. Hasta poco tiempo antes, la pequeña princesa había vivido convencida de todas las retahílas de la vida de una princesa. Ahora, quién sabía a cuántos reinos de distancia del suyo propio, se dirigía en solitario —sin una maestra que la guiase o que la aconsejase— al castillo que ella misma había elegido como destino. Tenía la sensación de que su valentía empujaba también el viento y el arroyo.

Sin embargo, poco después —había amanecido ya— le invadió otro sentimiento muy distinto: el temor a haberse equivocado y a que fuese demasiado pronto para andar sola. El miedo a meterse en algún problema, sin que la maestra estuviese allí para ayudarla: abandonar el sendero principal y perderse, buscar en las alforjas un mapa que no sabía cómo interpretar o no ocurrírsele una respuesta para negarse a hablar más de la cuenta con los desconocidos.

¿Y si se perdía y volvía a anochecer antes de que traspasara los muros del castillo? ¿Sería capaz de dormir al raso, confiando en que nadie le dañara? ¿Y si mientras bebía de alguna fuente robaban su caballo, sus alforjas con el vestido de otra princesa y el cuaderno de flores? ¿Cómo debía reaccionar entonces? Quizá pedir auxilio o caminar hasta que la recibiesen en el palacio. Justo eso decidiría la maestra, pensó.

Agotada por las horas de trayecto, agotada también de imaginar lo que podía ocurrirle, la pequeña princesa tiró de las riendas para que el caballo detuviese su rumbo. Descendió con el cuerpo pesado, como de varias vidas cargadas a su espalda, y se fijó en un árbol de tronco robusto en el que poder sentarse y apoyar la espalda. Corría el viento, fresco y amable, y la sombra la invitaba a descansar un rato. Intuía cercano el palacio blanco y reluciente, recortado al fondo de la escena; calculaba que lo alcanzaría justo cuando empezase a anochecer, incluso si durante un rato se paraba a mirar el paisaje y pensar un poco en todo lo que le había sucedido. Casi sin darse cuenta los ojos se le cerraron, el cuerpo encontró su hueco entre las raíces aéreas y se quedó dormida.

La pequeña princesa notó unos golpes leves —de suavidad dulcísima, maternal— en los hombros; abrió los ojos y salió del sueño, desperezándose mientras se protegía del tacto que la despertaba. A su rostro se acercaba el rostro de una mujer que la observaba con curiosidad, boquiabierta, igual que se escudriña un objeto que nunca se ha visto.

—Eh, chica —preguntó—. ¿Estás bien?

—Creo que me he quedado dormida —contestó la pequeña princesa—. Disculpe...

—Si yo fuera tú, no repetiría sueñecito otra vez por estos caminos —le aconsejó la mujer, con brusquedad—. Imagino que habrá sido poco tiempo, o que se habrá cruzado contigo gente honesta y bondadosa. Pero un caballo como ese... ¡un caballo como ese vale mucho dinero, hija! Vendiéndolo te asegurarías una buena temporada durmiendo bajo techo y comiendo caliente. —Se relamió de forma instintiva—. ¿Es tuyo o lo robaste?

A la pequeña princesa le ofendió aquella pregunta. ¿De dónde saldría esa mujer? En torno a sus ojos se le amontonaban las arrugas, y algunas manchas más grandes que pecas le adornaban la cara: pero por el tono de su voz, y por el gesto al dirigírsele, le pareció que aquella mujer no tendría más edad que su propia madre, la reina. Por los rizos minúsculos se le adivinaba una melena difícil, que la mujer había decidido cortar quizá ella misma, a trasquilones, y tan corta como la que lucían los hombres. Tenía la nariz ancha; ni rastro, eso sí, de las verrugas de las brujas.

—¡Por supuesto que es mío! —reprochó la pequeña princesa—. Yo no voy robando por ahí.

—Eh, no te ofendas. Por estos caminos no suelen trotar los purasangres... ¿Te has perdido? ¿Adónde te diriges?

—Viajo hacia el palacio blanco y reluciente.

—Lo suponía —admitió la misteriosa mujer, con la voz incómoda, como si hubiese gritado durante muchos días y muchas noches—. Todo el mundo escoge ir allí, ¡es tan hermoso...! Os atrae la promesa de los jardines pobladísimos de árboles con sus frutos y los salones de pura riqueza. Nadie quiere vivir en una casa humilde, de muros finos y sucios. Todos soñáis con un castillo. Pero los castillos no significan nada.

Lo que contaba aquella mujer asustaba e intrigaba a la pequeña princesa con la misma intensidad. Se sentó junto a ella, bajo el árbol, y miró con interés la piel de sus manos: igual que a los árboles se le adivinaba la edad por los dibujos del tiempo en el tronco, a la pequeña princesa le gustaba la forma en la que los años se habían marcado —con fuerza y con

belleza— en aquella mujer. Todo lo que le decía parecía brotar directamente del corazón, como si a las palabras les urgiese ser dichas, y no necesitasen pasar por la cabeza.

—Yo soy una peregrina —se presentó—. Vivo con la luz del sol, duermo cuando el sueño me atrapa, viajo sola allá donde quiero y no rindo cuentas a nadie.

La mujer recorría los caminos sin un rumbo fijo al que encaminar sus pasos. Sin alforjas ni equipaje había echado a andar, y así había conocido muchos reinos diferentes, siempre a este lado del mar: no le atraía tanto lo que desconocía y le aguardaba lejos, tan exótico, como aquello que se sabía de memoria y tenía bien cerca. Despreciaba las posadas porque los jergones le resultaban incómodos y ella prefería dormir sin techo, bajo las estrellas; se había acostumbrado a abrir los ojos con el amanecer y a adaptar sus horas a las mismas del sol. Todo el mundo le brindaba siempre un pedazo de pan, y en cualquier lugar los arbustos que crecían salvajes ocultaban endrinas, majuelas, zarzamoras.

—Ni una sola vez enfermé confiando en la naturaleza —explicó la peregrina—. ¿Sabes cuál es mi truco? Desconfiar de lo que parece bonito, seguro a primera vista. Siempre esconde una trampa.

La pequeña princesa no pudo evitar acordarse de aquel reino en el que las palabras bonitas sonaban vacías, como si dentro de ellas no hubiera sentido alguno. Al escuchar las palabras de la peregrina, se alegró de haber continuado con su camino, alejándose de las apariencias.

Al principio de todo, en los primeros reinos y en las primeras jornadas de viaje, un caballo acompañaba a la peregrina en su errar, le contó a la pequeña princesa. Un día, mientras se bañaba en un arroyo —hacía sol, le dijo, y el agua era tan limpia que parecía que flotases—, el caballo se escapó. La peregrina sintió más pena por la ausencia que rabia por la falta: comprendía que el animal tenía tanto derecho a la libertad como ella, y que no se trataba de una posesión sino de un camino juntos que había terminado.

La pequeña princesa la escuchaba absorta. ¿De dónde partieron la peregrina y su caballo?

«¿Hablo con una bruja y la escucho con atención porque me está hechizando?» —se preguntó la pequeña princesa para sí, con los labios sellados—. «No, no puede ser: las brujas envenenan las manzanas de color rojo brillante y se las ofrecen a las princesas para acabar con ellas. Nunca advierten del veneno, como ella ha hecho. No debería guiarme por la primera impresión.»

—Lo que más me gusta de todo esto —siguió la peregrina— es hablar con gente a la que no conozco, y que me cuenta cosas sobre sus vidas, tan distintas a la mía. La tuya, por ejemplo. ¿Qué te gusta hacer, muchacha?

—No lo sé. —La pequeña princesa se detuvo a reflexionar, para que su contestación no le delatase—. Me gustan las plantas, desde luego. No tanto las que crecen verdes, sino las de muchos colores. Tengo la sensación de que pintan el mundo, y lo convierten en un lugar distinto, más hermoso; o al menos lo convierten en un sitio en el que yo soy más feliz.

—¿Esas flores, por ejemplo? —La peregrina señaló unas flores rojas, con el corazón negro, que teñían la tierra cerca del sendero—. Se llaman amapolas. Crecen silvestres, sin que nadie las plante. Nadie las espera, pero al encontrarlas en tu camino agradeces que estén ahí, contigo.

—Debo continuar —dijo la pequeña princesa después de su conversación—. Ya viajé durante la noche y no me gustaría que la oscuridad volviera a encontrarme en el camino. Tengo curiosidad por saber qué me espera en el palacio blanco y reluciente.

—Que tengas un viaje seguro y feliz —deseó la peregrina mientras la abrazaba—. Y recuerda: escucha los cuentos de los demás, sabiendo que a veces solo ocurren en la cabeza de quienes los explican.

A la pequeña princesa, tan acostumbrada a las mujeres enjoyadas de las cenas de palacio, aquella peregrina le pareció más bella que cualquier piedra preciosa. Pensó, de hecho, que le gustaría parecerse a ella algún día.

7

Tras dejar atrás el bosque, la pequeña princesa contempló las puertas del palacio blanco y reluciente. Avanzó más allá del foso y los muros del castillo, y en el gran patio ante la escalinata bajó de su caballo. Le llamó la atención que las pequeñas casas de quienes vivían en el reino se levantaran a los pies del palacio, en torno al patio, y le sorprendió también el hecho de que en aquel reino, allá donde el rey habría celebrado bailes y luchas, unas mujeres charlaran entre ellas y unas niñas jugaran con espadas de madera. Una muchacha de su edad corrió a ayudarla.

—Por aquí —le indicó la chica—. Bienvenida a nuestro reino. Llevaré tu caballo a los establos, para que descanse, que también lo merece. ¿Quieres ver a la reina?

—¿Dónde está su esposo, el rey? —vaciló la pequeña princesa.

—No hay esposo ni hay rey en este reino. Es nuestra reina quien gobierna aquí.

—¿Sería posible verla? ¿No tendré que esperar durante días, pedir audiencia para ser recibida cuando ella considere? Suelo viajar con mi maestra, pero es la primera vez que hago yo sola el camino. Es ella quien sabe qué debe hacerse en estos casos.

La muchacha sonrió y mostró la puerta del palacio, mientras se alejaba con el caballo. La pequeña princesa dudó, pero finalmente se decidió a subir las escaleras y empujar la puerta del palacio. La imaginó pesada, pero le pareció ligera, como forjada de viento.

En el primer salón del castillo, el que en su palacio se llamaba «Vestíbulo de las Largas Esperas», una niña jugaba a construir un pequeño castillo y otra, sentada en el suelo, leía un libro gordísimo.

—¡Hola! —saludó—. Me gustaría que vuestra reina me recibiese. ¿Sabes ante quién podría solicitarlo?

—¿Cómo te llamas? —contestó una de las niñas, con una minúscula pieza de piedra en la mano, que intentaba encajar en otra algo mayor.

—No tengo nombre... Soy una princesa.

—Yo también soy una princesa, pero sí que tengo nombre. —Tragó saliva para hacer su anuncio, muy seria—. Soy la Princesa que Levantará Castillos y Casas de Muros Anchos. Ella —señaló a la niña que leía— es la Princesa de los Poemas. Sabe de memoria todas las rimas que se han escrito y que se escribirán. Cuando las dice en voz alta es como si cantara.

—Voy a llevarte ante la reina —dijo la otra niña, que abandonó el libro, con las páginas de cara al suelo, y se incorporó para tomar a la pequeña princesa de la mano.

En una pequeña sala junto a la entrada del castillo, del tamaño de la que en su reino utilizaban para guardar armaduras sin brillo y otros trastos inútiles, varias mujeres charlaban entre ellas.

—Ha venido una princesa que quiere hablar contigo —explicó la niña que acompañaba a la pequeña princesa. Miró a los ojos de la mujer de mayor edad, no más vieja que su madre, pero con ropas mucho menos lujosas; apenas una túnica de color azul, muy sencilla frente al vestido verde que la pequeña princesa había tomado en el palacio junto al Manantial de las Palabras Verdaderas.

—Es para mí un honor ser recibida por la reina del palacio blanco y reluciente —recitó de memoria la pequeña princesa mientras se inclinaba ante la mujer.

—Levántate, por favor —exigió la reina, aunque con voz dulce—. En este reino nadie se inclina ante nadie. Pero... ¿Qué es eso del «palacio blanco y reluciente»?

Las princesas acompañaron las palabras de la reina con un estruendo de risas.

—Este palacio no tiene nombre —explicó una muchacha con la piel sucia, como de haberse revolcado por el suelo y estar aguardando todavía a que sus criadas preparasen el baño de la mañana—. Palacio de la Reina y sus Princesas, como mucho.

—O Palacio de las Mujeres Libres —anunció otra joven que, observó la pequeña princesa, ante los ojos lucía unos cristales más finos que los de las ventanas del palacio—. Así podríamos llamarlo. —Y las demás mujeres asintieron.

—¿Qué te trae por aquí? —preguntó la reina—. Si necesitas comida y cama, descanso y conversación, aquí lo encontrarás. ¿O es refugio lo que buscas? ¿Ocurrió algo en tu reino o en tu camino que te haya obligado a huir?

—Vengo en busca del príncipe de este reino para conocerle. —La pequeña princesa forzó una pausa ante las muecas de quienes la escuchaban—. Como debe hacer cualquier princesa.

La reina se cruzó de brazos y abrió mucho los ojos, como si la exageración le ayudase a comprender su petición. La pequeña princesa no habría podido describir el enfado en la mirada de la muchacha de la piel sucia. La chica de los cristales ante los ojos se aguantaba la risa, pero la del pelo enredado decidió no hacerlo. A la reina se le terminó la risa cuando comenzó a hablar.

—No existen príncipes en este reino —le contó—. No existe rey ni existen príncipes; tampoco hombres que sirvan la comida, trabajen la

tierra o cuiden a los animales. Este reino lo habitan las mujeres. Yo soy la reina, sí, y ya has conocido a las princesas: algunas de ellas charlaban conmigo aquí, en la Sala de las Conversaciones Felices.

La reina le presentó a las princesas que la acompañaban, repitiendo sus títulos larguísimos, una a una: a la muchacha con la piel sucia la llamaban la Princesa que Gobierna; la chica de los cristales ante los ojos era la Princesa que Domina los Números; y conocían a la niña del cabello enredado como la Princesa que Aún Piensa en lo que Tiene que Hacer.

—Otras te han recibido en la Sala de las Bienvenidas; ya las conoces. Con la Princesa que Ama a los Animales hablaste también, ¿verdad? —La pequeña princesa movió la cabeza de arriba abajo para decir que sí; no terminaba de creer que aquella muchacha que le había recibido fuera también una princesa—. También viven en este reino la Princesa que Dibuja los Mapas de la Tierra y la Princesa que Dibuja los Mapas del Cielo, que acostumbran a pelearse por las diferencias en el trabajo de la una y la otra.

—¡Siempre a la gresca! —interrumpió la Princesa que Gobierna.

—Nuestro reino es algo diferente a aquellos que conoces —continuó la reina—, distinto del reino en el que creciste y de los reinos sobre los que se escribe en los libros de las bibliotecas. Porque somos mujeres, habrás visto, y porque nos cuidamos las unas a las otras. En este reino nadie importa más que nadie, y todas importamos mucho. Todas las mujeres que viven aquí son princesas, desde el momento exacto en el que cruzan el gran portón del muro: nunca les preguntamos en qué lugar nacieron ni qué familia las crio.

—¿Pero quién hornea las codornices para agasajar a los monarcas? ¿Quién cambia vuestras enaguas por vestidos?

—Nosotras —saltó la Princesa que Aún Piensa en lo que Tiene que

Hacer—. Bueno, eso si tienes suerte, y la Princesa que Sabe de Sabores

Deliciosos te lo permite... Por lo general, ella decide qué desayunamos,

qué almorzamos y qué cenamos, y desliza un pastelillo o una fruta en tu

bolsillo si te asalta el hambre a una hora inadecuada. Las demás nos tur-

namos para ayudarle a quitar las espinas del pescado, lavar las verduras,

batir las masas...

Todo aquello le parecía demasiado increíble a la pequeña princesa.

Quizá por ello aquel reino —el del Palacio Blanco y Reluciente, el del

Palacio de la Reina y sus Princesas, el del Palacio de las Mujeres Libres—

no figurase en los manuales de historia de este lado de la tierra: porque

quienes visitaban a aquellas mujeres para tomar notas decidiesen no

confiar en lo que les contaban.

—Por lo general, los reyes y los príncipes suelen correr bien lejos al

conocer nuestra historia —puntualizó la Princesa que Domina los Números, ante la estupefacción de la pequeña princesa—. Temerán que los

apresemos o que los devoremos...

A la pequeña princesa le costaba interpretar aquella situación tan

nueva, tan distinta a todo lo que conocía; agotada del viaje, pidió a la rei-

na descansar un poco en su palacio. La Princesa que Aún Piensa en lo que

Tiene que Hacer la acompañó a la habitación que le habían preparado.

Pese a su sencillez, se encontraba cómoda en aquel Palacio de las Mujeres

Libres. Abrió la ventana y observó a las mujeres —a las princesas— char-

lando en el patio, arando la tierra cerca del muro y plantando algunas

semillas en ella, o simplemente tomando el sol sentadas en los jardines,

sin que nadie las molestase.

A la pequeña princesa le encantaba la idea de disfrutar durante unos

días en aquel castillo. Así sabría más de la vida en aquel reino de mujeres,

y podría contárselo a su maestra en el reencuentro. La pequeña princesa acompañó a las princesas del reino en sus labores diferentes, y charló con todas ellas para aprender un poco de lo que hacía cada una. De la Princesa que Gobierna, y de las anécdotas que compartían, le asombró el valor con el que se había enfrentado a los hombres en sus negociaciones.

—La firmeza de mis palabras supera a la de muchos; también la rapidez de mi mente al buscar argumentos y mi dureza al defenderlos.

La Princesa que Domina los Números administraba los bienes del reino: los campos y sus cosechas, las armas para mantener lejos a los invasores, e incluso el número de dalias y de lirios que habían brotado al cambiar la estación.

—Con las mismas herramientas que ellos, nadie nos diferencia. Yo también tengo un ábaco, y mis dedos, y tintas y papeles para calcular. Sé por cuántas monedas venderé las hortalizas al reino vecino, y cuántos pescados pagaré con ellas en la lonja del Reino del Mar.

—Y tú, Princesa sin nombre, ¿qué sabes hacer? —le preguntó la Princesa que Domina los Números.

—No sé muy bien —pensó la pequeña princesa—. ¿Qué se me da bien y qué se me da mal? ¿Qué me gusta y qué me disgusta?

En una gran sala contigua, de ventanales altísimos que mostraban las rutas del suelo y las del aire, la Princesa que Dibuja los Mapas de la Tierra y la Princesa que Dibuja los Mapas del Cielo superponían sus mapas para distinguir si algunos de esos caminos coincidían. En otra de las salas, una princesa con la que aún no había charlado dormitaba en una mecedora. La mujer —ya anciana, con la historia de sus años en las arrugas de la piel— llamó a la pequeña princesa para que se acercase a ella.

—Quiero que me cuentes de dónde vienes, y qué has visto —pidió la mujer—. Quiero aprender de ti.

—Nací en el Reino sin Nombres —explicó la pequeña princesa, sintiéndose maestra—. Allí vivía con el rey y la reina, con el príncipe, aunque nunca charlaba con ellos, a diferencia de lo que ocurre en este palacio. Al cumplir quince años me vi en la obligación de salir a viajar con mi maestra. Apenas la conocía, más que de los libros y los números, pero me gusta caminar junto a ella y mirar paisajes diferentes.

—¿Qué reinos visitaste?

—El reino de las princesas mudas —a la pequeña princesa le divirtió el mohín de desagrado de la mujer— y el reino del rey impertinente. —La anciana exageró aún más su mueca—. También oí una leyenda sobre una princesa errante y charlé con una mujer peregrina. Me gusta estudiar las flores y me gusta también conocer todo aquello sobre lo que nunca supe nada.

—Así que eres una princesa de caminos —inquirió la mujer—. ¿Por qué querrías quedarte aquí con nosotras?

—Cuando salí de mi palacio el rey me lo advirtió: tenía que buscar un príncipe con el que casarme. Pero en el camino me di cuenta de que mi objetivo era buscar otro palacio, pero otro palacio mío, que yo sintiese como mi casa verdadera, para quedarme a vivir. De todos los que he visitado hasta ahora, en este es en el que he sido más feliz.

—¿Qué princesa crees que serías? —preguntó la anciana.

—Todavía tengo que descubrirlo...

—Entonces, ¿para qué detenerte aquí? En este palacio sabemos quiénes somos y qué hacemos... Pero tú aún no lo has decidido. Por tus palabras sé que te gusta viajar, conocer mundos nuevos, y quizá en uno de esos reinos en los que no has estado todavía te espere esa decisión. O quizá no, y lo haga en una posada, o junto a un arroyo...

Como impulsados por un golpe de viento, los pensamientos de la pequeña princesa se alborotaron y cayeron de nuevo en su cabeza, pero en un orden totalmente nuevo. Si no tenía nombre, si no sabía quién era, ni qué le gustaba hacer, ¿cómo sabría identificar el palacio en el que quedarse? La anciana, que leyó los pensamientos en la mirada de la pequeña princesa, concluyó:

—Llamamos «hogar» a esos sitios en los que podemos ser libres.

Amaneció el día en el que la pequeña princesa se había comprometido a regresar a la posada. ¿Cómo podría describir a la maestra todo lo que había vivido? ¿Creería en un reino habitado solo por mujeres, todas princesas, que cuidaban las unas de las otras? Incluso a ella misma le parecía una alucinación. A la pequeña princesa se le encogía el corazón. No sabía si quedarse en el Palacio de las Mujeres Libres, aunque la maestra estaría muy preocupada por ella. La pequeña princesa se dirigió a la Sala de las Conversaciones Felices para anunciar su marcha.

—Debo marcharme —anunció—. Mi maestra me espera en la posada de la que me escapé... Os agradezco vuestra hospitalidad. He aprendido mucho de vosotras y he sentido vuestro palacio como mío.

—¿Te escapaste tú sola? —preguntó la Princesa que Aún Piensa en lo que Tiene que Hacer, a lo mejor pensando en lo que la pequeña princesa tendría que hacer.

—Sí, pero siempre viajo con mi maestra —contestó la pequeña princesa. Percibió las miradas curiosas de las mujeres e intuyó un poco de admiración en sus gestos. La pequeña princesa se sintió orgullosa de ser ella también, a su manera, una mujer libre.

—He oído hablar sobre las maestras —dijo la Princesa que Sabe de Sabores Deliciosos, que había dejado los fogones para despedirse—. En otros reinos instruyen a las princesas, ¿verdad? Y los príncipes aprenden de los maestros. La historia de los reinos, la manera en la que los cubiertos se utilizan en las conmemoraciones de las fechas importantes...

—Háblanos de tu maestra —pidió la Princesa que Gobierna—. ¿Cómo es? ¿Tiene edad de reina o de princesa? ¿Desde qué reino viajó al tuyo? ¿Enseñaba ya allí cuando naciste?

—No lo sé —admitió.

—¿No lo sabes? —contestaron varias princesas al unísono.

—¿Se lo has preguntado alguna vez? —sonó la voz de la Princesa que Dibuja los Mapas de la Tierra.

—¿Qué atención has prestado a sus historias? —sonó la voz de la Princesa que Dibuja los Mapas del Cielo.

—No lo sé —admitió la pequeña princesa, cabizbaja—. No sé cómo es. No sé su edad, no sé de dónde viene. No sé si se lo he preguntado, no sé si he prestado atención a lo que mi maestra decía...

Antes de partir, la Princesa que Ama a los Animales revisó sus alforjas, para que la pequeña princesa no olvidase nada esencial.

—Un vestido de fiesta —enumeró la chica en voz alta—, un par de tacones que parecen de cristal, un cuaderno misterioso, una modesta caja de tintas, un camisón para soñar, ropa interior limpia y unas zapatillas viejísimas, que parecen haber recorrido la tierra entera en varias vidas. ¿Todo en orden?

La pequeña princesa resopló, sin explicarse por qué arte de qué magia esas zapatillas horribles habían vuelto a su equipaje. Una tras otra tras otra, recibió los abrazos de las mujeres del reino. Subida en su caballo, a punto de galopar hacia el cruce, la pequeña princesa quiso saber una última cosa.

—Me gustaría preguntaros, también, si alguna vez habéis recibido la visita de la princesa errante.

—¿La princesa errante? —preguntó la reina, asombrada—. Es la primera vez que escucho ese nombre.

—Sí, la princesa errante —insistió la pequeña princesa—. Me contaron su historia en la posada... Una princesa muy desgraciada que viajó por todos los reinos de estas tierras, pero que no encontró un príncipe de su gusto y que fue desterrada de su reino. Ahora vaga por los caminos, condenada a no tener nunca un hogar.

—Eso son cuentos —explicó la reina, carcajeándose—. Dicen que a todas las princesas nos corresponden legumbres y zapatos, príncipes y problemas... Aunque una cosa sí que es cierta. Toda princesa tiene su cuento, y tiene su historia. Pero es ella misma quien tiene que escribirla.

8

La pequeña princesa continuó su rumbo: primero sin arrepentirse, luego dudando de si había tomado la decisión correcta. En un momento dado, el corazón le dictaba que debía volver a la posada y convencer a la maestra de que viajase con ella hasta el Palacio de las Mujeres Libres. Al momento siguiente le crecían las ganas de ver mundo, y de hacerlo por sí misma, sin maestra que decidiese las rutas ni princesas que nunca la dejasen consigo misma. Pensó en su cuaderno de flores, con tantas páginas en blanco por llenar.

En su camino de vuelta, mientras buscaba algo más que nubes y cielo en su paisaje, se fijó en unos árboles algo apartados del camino: de una de

sus ramas, la más alta, nacía una flor que jamás había visto. ¡La necesitaba

para su cuaderno! Sin embargo, ¿le parecía seguro alejarse del sendero

principal y cabalgar hasta aquel pequeño bosque que desconocía? Si lle-

gaba hasta allí, ¿cómo podría trepar con sus zapatos de tacón? Si probaba

a subir descalza, ¿no le dolería aún más? La pequeña princesa y su caballo

se acercaron hasta allí. Luego buscó en sus alforjas: los tacones de cristal

que se habían diseñado para los bailes elegantes de las noches tampoco le

servirían de mucho.

La única opción que tenía la pequeña princesa eran aquellas zapati-

llas que había escondido bajo la alfombra, bajo la cama, en el último

rincón de su armario. Aquellas zapatillas que había abandonado en

cada castillo que visitaba, anhelando no encontrarlas en las alforjas al

día siguiente, y encontrándolas a pesar de todo. Aquellas zapatillas que cubrían el pie por entero, no como las sandalias o los zapatos de tacón, que mostraban la suavidad y la blancura de la piel de la princesa; aquellas zapatillas gastadísimas, que olían a los pies de todas las princesas que habían crecido en su palacio y que, al marcharse a otros castillos, habían logrado dejarlas atrás. ¿Cuántos pasos habrían dado aquellos zapatos feísimos?

Se calzó la zapatilla del pie izquierdo y ató con fuerza los cordones para asegurarla; luego la del pie derecho, sin dificultad. Se incorporó y caminó unos pasos, primero con cuidado, con cierta prevención, y más tarde con firmeza, imprimiendo su huella en la tierra. Aunque a simple vista le habían parecido muy grandes, las zapatillas se adaptaban a la perfección a su pequeño pie. Trepó por el tronco del árbol con una facilidad que no había esperado. Pero cuando estiraba su brazo para alcanzar la flor, escuchó unos aullidos cada vez más cercanos: varios lobos, amenazantes, habían acorralado a su caballo y mostraban sus dientes con fie-

reza. El animal, asustado, empezó a moverse con torpeza.

La pequeña princesa decidió que tenía que hacer algo: aquel caballo

era su compañero de caminos y no podía permitir que le atacasen. Ade-

más, sin él, ¿cómo regresaría a tiempo para encontrarse con la maestra

justo el día en el que le había prometido volver? En otra situación se ha-

bría agarrado con fuerza al tronco del árbol y habría cerrado los ojos has-

ta que todo pasara: pero algo dentro de ella la empujaba a actuar. Guardó

la flor en el pequeño bolsillo de su vestido, quebró una de las ramas del

árbol y en varios saltos bajó gritando:

—¡Fuera! ¡Fuera de aquí! —amenazaba a los animales—. ¡Dejadnos

en paz!

La pequeña princesa apenas reconocía la voz que salía de su garganta;

era tan firme, y se enfrentaba con tanta claridad al peligro, que le costaba

descubrirla como suya. Los lobos callaron por un momento y se inclinaron ante la pequeña princesa, cabizbajos, casi en una reverencia. La pequeña princesa sentía cómo el miedo le crecía en la cabeza, igual que el dolor en los días nublados, pero una fuerza inesperada la mantenía anclada a la tierra, desafiante frente a la manada de lobos. Cuando los animales se retiraron mansamente, ella no pudo creer lo que acababa de sucederle.

Ya calmada, la pequeña princesa comprobó que su caballo estaba bien, y se dio cuenta de algo: ¡se sentía invencible con aquellas zapatillas! Tal vez por eso, pensó, había conseguido reunir el valor para saltar del árbol y defenderse confiando en sí misma y en la fuerza de su corazón. Cuando pensó que había dejado atrás el peligro, subió de nuevo al caballo y reanudó el camino, satisfecha de haber resuelto la situación por ella misma. La pena que sentía por haber dejado el Palacio de las Mujeres

Libres y todas sus dudas se disiparon. Calzando aquellas zapatillas, la pequeña princesa se sintió diferente: más segura, más confiada en lo que creía. Impulsada por su ánimo, con aquellas zapatillas viejas alcanzó el cruce sin reconocer los paisajes por los que había transitado días antes, casi sin darse cuenta.

Distinguió a lo lejos a la maestra, sentada sobre la gran piedra del cruce. Conforme se iba acercando, veía con mayor claridad su expresión de enfado.

—No puedes ni imaginarte lo que me has hecho pasar. Cuando desperté y no estabas, pensé que alguien podría haberte hecho daño. ¿Qué habría ocurrido si te hubiesen atacado? El rey te mandó encontrar un palacio, pero yo tengo el deber de protegerte.

—Lo siento, yo... —La pequeña princesa intentó disculparse, sabiendo que de algún modo había fallado a la maestra.

—¿Estás bien? ¿Cómo te trataron en el palacio blanco y reluciente? —Mientras la maestra hablaba, la pequeña princesa se fijó en que no retiraba la vista de sus zapatos. Su expresión, primero dura y preocupada, se iba relajando. ¿Sería acaso su maestra quien velaba por que aquel par de zapatillas nunca se separasen de ella?

—Ellas lo llaman Palacio de las Mujeres Libres —puntualizó la pequeña princesa.

Después describió todo lo que había vivido allí, con imágenes tan exactas que a la maestra le pareció verlas allí mismo, en torno a ellas. Sin embargo, la pequeña princesa no le contó el encuentro con la peregrina ni el ataque de los lobos.

—Jamás he oído hablar de ese reino —confesó la maestra—. Existen leyendas antiguas sobre mujeres guerreras, nómadas, y cuentos de mujeres que recorren solas los caminos, pero nunca he leído nada sobre mujeres que se gobiernan y se cuidan a sí mismas. ¿Te gustaría regresar con ellas?

—No lo sé —dijo la pequeña princesa sin titubear—. Allí me sentía tranquila, protegida y feliz, como si nada malo pudiese ocurrirme nunca. Cuando volvía hacia aquí, unas veces me arrepentía de haberme marchado, y otras me sentía feliz con mi decisión. ¿Tú fuiste al Castillo de la Única Torre?

—Sí, y solo traigo buenas noticias. Lo gobierna el rey, ya anciano y viudo: un hombre generoso, admirado y querido por su pueblo. Con él viven tres hijos: el príncipe, la viva imagen de su padre, un muchacho inteligente y con un cabello del color mismo del sol; y dos hijas gemelas, las princesas, aún demasiado pequeñas para buscar marido. Hace siglos que no guerrean, desde que vivía el padre del padre del actual rey, y su ejército se limita a esperar y estar alerta. Sobreviven gracias a sus campos fértiles, y en la corte son habituales las fiestas para celebrar cualquier nimiedad: que no hace demasiado calor, que no hace demasiado frío... Me ha gustado mucho la biblioteca, con un montón de libros interesantes que no conocía. Sería conveniente que viajases conmigo hasta allí, para conocerlo por ti misma y decidir. Pero creo que es un reino feliz, en paz, y que el príncipe es un hombre bueno y justo.

—¿Te ha gustado?

—Sí, mucho. Tanto —rio— que me hubiera quedado allí sin dudarlo.

—A mí me ha pasado igual...

—¿Qué es lo que piensas?

—En el Palacio de las Mujeres Libres me sucedió algo muy curioso. Me preguntaron por ti, y no supe responder. Podía describir a los hombres de cuyos logros me hablaste: contarles cómo se llamaban, en qué época vivieron, a qué pueblos derrotaron y de qué punto a qué punto de la cara abarcaban sus bigotes. Siempre me he limitado a recorrer el pasillo largo hasta la biblioteca, anotar lo que me interesaba, aprenderlo de memoria y observar la arena escapándose por el reloj, pero nunca he sabido nada sobre ti.

—Ese es mi lugar como maestra: a un lado de la mesa, rodeada de libros, procurando que atiendas a lo importante. Mi historia aquí no importa. De todo lo que yo diga o haya dicho, solo importa lo que tú recuerdes cuando pasen los años.

—Cuando pasen los años me gustaría recordar el día en el que copié el dibujo de las estrellas que orientan a los viajeros, y también cuando uní las letras y dije en voz alta mi primera palabra. Pero también me gustaría recordar todo lo que realmente he aprendido de ti.

9

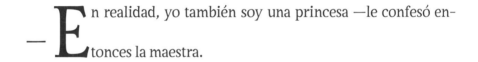

—En realidad, yo también soy una princesa —le confesó entonces la maestra.

La pequeña princesa no esperaba oír aquello. Una maestra era una maestra, de la misma forma que un rey era un rey y una princesa era una princesa. Si era una princesa, si era una princesa verdadera, ¿de dónde venía entonces la maestra, de qué reino? ¿Por qué había decidido renunciar al príncipe azul? ¿Cuál era su nombre?

—Si naciste en otro reino —razonó la pequeña princesa—, ¿cuál es entonces tu nombre?

—Uno mío, para mí —contestó la maestra—. Uno que es secreto, y que yo me repito cuando me siento triste, y también en los días alegres: siempre que quiero recordar de dónde vengo. Como tú, despertaba cuando me apetecía, trataba a las criadas con desdén y me aburría en las tardes en la biblioteca, intentando que las palabras de mi maestra me rondasen, sin tocarme jamás. Mi rebeldía obligó a mi padre, el rey, a encerrarme durante varias semanas en mi dormitorio y a prohibir que me sirviesen nada más que pan y agua hasta que pidiese disculpas a todos cuantos debían tratar conmigo. En el día de mi decimoquinto cumpleaños, también el rey me llamó ante su presencia. Yo esperaba otra reprimenda más, y él me comunicó que debía viajar junto con mi maestra por los reinos vecinos. No se me habría ocurrido nunca un castigo más duro que aquel.

—¿Alguien te había contado algo, alguna vez? ¿Sabías que tendría que ocurrir algo parecido? —preguntó la pequeña princesa.

—Sabía que algunas de las otras princesas del reino, mis hermanas mayores, habían desaparecido de la noche a la mañana. Mis hermanos cumplían años, quince, dieciséis, veintiuno: el mayor recibía a una princesa tras otra, y ninguna le parecía merecedora de su reino. Pero yo, ingenua, para explicar que faltasen mis hermanas, solía acordarme de aquellos peligros que los cuentos vaticinaban para nosotras, y entendí que sin príncipe azul no habrían sobrevivido a los dragones. De hecho, yo pensaba en mí así, devorada por una bestia por el hecho de haber nacido con un vestido de raso y los zapatos finísimos. De esa manera, y no de otra, acabarían las princesas que se resistían a cumplir con su destino.

Impresionada por su historia, la pequeña princesa escuchaba a su maestra como nunca antes lo había hecho. ¿Por qué jamás se lo había contado? Se reconoció en el retrato de la maestra, en aquellas historias en las que confiaba cuando aún vivía en el palacio, y sonrió.

—Viajábamos mi maestra y yo de reino en reino, acompañadas por uno de los guardias del rey. Nosotras dormíamos en las posadas, igual que tú y yo, y él acampaba libre, donde le apetecía. Se limitaba a protegernos de los ladrones y los demás peligros del viaje. Yo rechazaba a todos los príncipes, sin importarme su belleza ni su inteligencia, por sacar de quicio a mi maestra y con ella al rey, a quien se comunicaba cada negativa, y que insistía en que dijese a alguien que sí en algún momento. Sin embargo, a mí cada vez me interesaba más la vida del aventurero: escuchar en silencio a los demás, tomar como mías las decisiones de los otros, y luego dormir libre, sin mandatos de nadie.

A la pequeña princesa le gustaba detenerse para contemplar las flores o escuchar las anécdotas que la maestra le contaba durante su viaje, y que ella no había leído en ningún libro. Si permanecía en uno de los castillos, si elegía allí a su príncipe azul, ¿tendría que renunciar a esas experiencias?

—De manera que cada vez me aburría más ser princesa imitando a las princesas. Me descalzaba siempre que podía, y revisaba mi colchón para eliminar judías y guisantes. Yo quería ser una aventurera: quería conocer palacios diferentes, descansar al raso si me apetecía, no obedecer a nadie que no fuera yo misma. Pensé que me gustaba más la vida del guardia que nos protegía que la que viviría yo. Hasta que un día reparé en mi maestra. Me fijé en su manera de sonreír, de disfrutar de lo que leía, y en sus pies desnudos sobre la hierba, y me pareció que enseñar a otras princesas, y ayudar a que encontrasen su propio camino, podría ser otra forma de vivir libre.

—¿Qué hiciste? ¿Cómo lo lograste?

—De la misma forma que tú vas a conseguirlo. Decidí que viajaría con las zapatillas que llevas ahora mismo: más cómodas que mis tacones de princesa, listas para recorrer caminos y caminos. Las guardaba en mi equipaje de castillo en castillo, de biblioteca en biblioteca, y al pensar en que tendríamos que hacer este viaje juntas... Decidí llevarlas hasta tu habitación, para que en algún momento tú pudieras sentir la fuerza que te empuja y que te anima a avanzar.

—Y pensar que las rechacé excursión tras excursión, y que intentaba olvidarlas siempre que podía...

—Una princesa debe tener unos zapatos mágicos —sonrió la maestra.

—Si yo hago todo eso, si yo les digo todo eso que me dices, decepcionaré al rey y decepcionaré también a la reina. Quizá también al príncipe, si es que sabe que existo.

—No serías la primera princesa que escribe su propia historia —explicó la maestra—. La leyenda de la princesa errante es uno de los cuentos a los que todas tenemos derecho. Nacemos con una leyenda, pero nosotras podemos cambiarla.

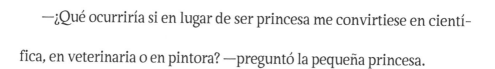

—¿Qué ocurriría si en lugar de ser princesa me convirtiese en científica, en veterinaria o en pintora? —preguntó la pequeña princesa.

—Nada. Serías científica, veterinaria o pintora.

—¿Y el príncipe azul?

—Podrías ser científica, veterinaria o pintora tú sola o acompañada también por alguien que tú elijas, que anote tus ideas y aplauda tus logros. ¿Hay algo de lo que disfrutes por encima de todo?

—Me apasionan las flores —concluyó—. Tropezar por sorpresa con una de las flores de los jardines del palacio. O encontrar una que existía solo en mi imaginación. Que crezcan con fuerza y hermosura igual en los castillos imponentes que en los refugios de los peregrinos.

—En ese caso, podrías aprender también en la escuela de botánica de alguno de los grandes reinos: completar en ella tus cuadernos, con las flores criadas en los invernaderos.

—¿Qué debo hacer? —preguntó.

—Decidir tu propio camino. Ser tu propia maestra. Aprender por ti misma.

—¿Qué harás tú?

—Quizá regrese al Castillo de la Única Torre, donde me trataron tan bien, por si en algún momento necesitasen a una ayudante en la biblioteca para ordenar los libros o para restaurar aquellos tan viejos que se deshacen en las manos; o para cuando el príncipe encuentre su princesa, y yo deba enseñar a una joven a ser princesa o a dejar de serlo, según ella desee. O puede que me lleve la curiosidad al Palacio de las Mujeres Libres, para aprender de ellas, o al borde de la tierra de los reinos, porque hace años, muchos años, que no me baño en el agua salada del mar... Y después, en algún momento, durante el penúltimo tiempo de mi vida querría vivir en el reino grande de la enorme biblioteca.

10

En su nuevo camino, a la pequeña princesa le asaltaban los nervios por lo que iba a suceder y el pánico a que todo fuera de una manera distinta a la que imaginaba.

—Tengo miedo de arrepentirme de mi decisión. Tengo miedo, también, de que me ocurra algo malo.

—Te entiendo... Pero todo lo que decidimos, todas nuestras acciones, tiene consecuencias para nosotros y las tiene también para los demás. Incluso las acciones más pequeñas. Si en aquel cruce de caminos no hubieras elegido conocer el Palacio de las Mujeres Libres y juntas hubiésemos puesto rumbo al Castillo de la Única Torre, ¿qué habría ocurrido? ¿Estaríamos hoy aquí?

La pequeña princesa, llena de dudas, miraba a la maestra, que siguió preguntándole:

—Te preocupa mucho la leyenda de la princesa errante, ¿verdad?

—Sí. Pienso a veces en ese reino de gatos y de perros, con esa princesa que no quiso a nadie, y a la que nadie quiso...

—¿Eso es lo que te entristece?

—Creo que no. Creo que me preocupa por la forma en la que aquella mujer hablaba sobre la princesa: como si hubiese obrado mal al escoger su propio camino. Contaba aquella historia igual que un fracaso.

—A ti, al oírla, ¿qué te pareció?

—Me pareció todo lo contrario. Me pareció que la princesa errante había demostrado más coraje que todos los soldados del reino de mi padre juntos, del reino que ahora pisamos, de los reinos que hemos visitado. Aquella leyenda me despertó las ganas de saber más, y creo que, sin conocerla, esa princesa me empujó a escapar de la posada aquella noche, pero aun así... me preocupa hacerlo mal.

—A todos nos ocurre... A estas alturas del viaje ya no eres la misma —contestó la maestra—. Ahora ya no eres aquella princesa que exigía pasteles y telas suaves, y se aburría en las cenas importantes. Eres una mujer que tiene sueños, y que tiene miedos, y es normal que muchas veces las dudas ganen a las ganas. Cuando nos conocimos en aquella biblioteca, y te enseñé los primeros nombres de los primeros reyes, a mí también me paralizaba el terror de no cumplir bien con aquello que debía hacer: quería enseñar a una princesa a no ser una princesa. Cuentan que una princesa necesita una legumbre que perturbe su descanso, unos zapatos mágicos que la libren de los entuertos o la conduzcan a ellos, y un príncipe azul que la salve de su maldición. Pero yo intenté, princesa, que tú decidieras si la legumbre te permitía dormir, y si los zapatos no te provocaban zancadillas, sino pasos firmes. Lo del príncipe... Te cruzarás con un príncipe, o con varios, o con princesas que te parezcan tan hermosas como tú y buenas compañeras de viaje. Tendrás el valor suficiente para encararte sola a brujas y a dragones. La verdad de tu cuento estará en ti.

La pequeña princesa repitió esas palabras con los ojos cerrados para grabarlas con más fuerza: las recordaría con los años, cuando apareciese el miedo o se sintiese sola en los caminos.

—Es justo eso lo que hemos logrado —respondió la pequeña princesa.

—¿Has decidido ya la manera en la que querrás que te conozcan? —preguntó la maestra.

—Me llamaré Rosa algunos días, porque el color me recordará al palacio del que vengo, y porque en la rosa se encuentra la belleza, pero

también las espinas. Otras veces responderé a Violeta, que florece todo el año en reinos muy distintos, con los pétalos que forman un corazón. También Girasol, porque se mueven para buscar aquello que necesitan y florecen en campos humildes: despiertan la alegría y traen la buena suerte. Y me llamaré como otra flor que me gusta mucho, quizá mi favorita.

La pequeña princesa se acercó a su maestra, abriendo el cuaderno, para mostrarle una de las flores que había recogido en su camino. Una amapola se secaba, dejando su rastro en el papel, junto al dibujo con el que la pequeña princesa había intentado imitarla, y una frase sencilla: «La he encontrado en mi rumbo al reino de las mujeres valientes, viajando sola sin mi maestra».

—Así me llamaré la mayor parte del tiempo: Amapola. Del color del corazón y de la sangre, rojo vivo, creciendo salvaje al borde del camino, precipitándose a los campos si nadie la controla. Delicada y libre, tiñendo los campos al multiplicarse. Amapola, sí: ese será mi nombre. Para unos seré la pequeña princesa, pero para mí seré Amapola.

La maestra recorrió el cuaderno de flores página a página, emocionada al identificar en él algunas de las que habían flanqueado su viaje hacia los reinos. Se preguntó de qué manera la pequeña princesa habría interrumpido su marcha para recogerlas, y con qué mimo las había guardado en sus alforjas, por la noche, recreándolas en su cuaderno a la luz débil de las posadas.

Se fijó en aquellas flores que la pequeña princesa había recolectado durante sus años en el palacio. Ahora, tiempo después, ante el cuaderno de las flores, la maestra creyó que todo había merecido la pena.

—Ha sido un verdadero placer acompañarte. —La maestra tomó sus manos y dobló sus rodillas haciendo una última reverencia—. Ojalá volvamos a encontrarnos en otro momento, en otra corte o en otro camino, en un jardín o en una escuela de botánica. Me encantará escuchar todo lo que habrás aprendido en esos años.

La pequeña princesa dudó, por si lo impedía alguna ley antiquísima, pero abrazó bien fuerte a su maestra y partió aquel día a escribir su propio cuento.